Swain Wolfe

Die Frau, die in der Erde lebt

Swain Wolfe

Die Frau, die in der Erde lebt

Roman

Aus dem Amerikanischen von Otto Bayer

Limes

Für Sarah,
Lynne und
Mutter Wolfe

Zu unbekannter Zeit, in unbekanntem Land
vernebelt dunkler Feuerrauch die
wüsten Masken vor der Menschen Furcht.

Es singt das Brunnenseil
in sengender Sonne sein uraltes Lied,
dieweil ein Kind in dünnen regenlosen Wolken
Regenzeichen sucht.

1

Steine

Sarah, die auf dem Weg zu ihrem Vater und dem großen Pferd war, kam langsam durch dürre Heide und flimmernde Hitze den Hügel herauf. Sie trug einen Eimer Wasser und ein in dunkelrotes Tuch geschlagenes Bündel. Wo die Heide endete und der Acker begann, blieb sie stehen und bohrte mit dem bloßen Fuß in der frischgepflügten Erde. Einen kurzen Augenblick sah sie nach unten, wo etwas im Boden verborgen lag, dann ging sie weiter über die frischen Furchen zu ihrem Vater, der wartete. Sie drehte sich um und sah zurück. »Da liegt etwas Seltsames vergraben, am Ackerrand«, sagte sie.

Er trank einen Schluck aus dem Wasserschlauch, dann betrachtete er ihre dunklen Mandelaugen, die braungebrannten Wangen. Vielleicht wollte sie scherzen. »Ein Stein?« fragte er, denn an Steinen mangelte es dem Acker nicht.

Sein trockener, halbernster Ton rief ein verlegenes

Lächeln auf ihr Gesicht. »Ja«, sagte sie, »aus Stein ist es, aber es ist nicht wie die anderen.«
Er war groß und stark. Ein ausgebleichtes rotes Tuch bedeckte seinen Kopf wie ein kleiner Turban. Sein Gesicht, dunkel von Sonne und Erde, ließ das Weiß seiner Augen um so heller leuchten. Vielleicht hätte ein Fremder ihn für irre gehalten, aber für Sarah war er ihr Vater, der Aesa hieß, ein Bauer, bedeckt mit der Erde seines Ackers.
Sie aßen ihr Mahl aus Ziegenkäse, schwarzem Brot und gekochten Eiern. Horatio, das Ackerpferd, trank Wasser aus dem Eimer.
Sarah beobachtete ihren Vater und überlegte, wie man sich wohl fühlen mußte, wenn man so groß und stark war und mit den Füßen tiefe Abdrücke in die weiche Erde des gepflügten Ackers machte. Aber er besaß keine Worte für sein Leben, und das machte ihn für sie geheimnisvoll.
Er schützte seine Augen vor der sengenden Sonne und sah zu den heißen, sterbenden Bergen nach Westen hin. Noch nie war so vieles an Regenmangel gestorben. Er trank aus dem Wasserschlauch und ließ sich das kühle Wasser über die Lippen und am Hals hinunterrinnen. Der reine Geschmack, der saubere Steingeruch und die schlichte Freude am Wassertrinken weckten in seinem Kopf einen Gedanken, der völlig neu für ihn war, neu und schrecklich. Er sah in die Öffnung des Wasserschlauchs und fragte: »Was wäre, wenn ...?« Doch dann hielt er inne. Er schaute mit leerem Blick über den Acker, suchte einen anderen Gedanken.
Sarah hörte etwas in seinem Ton, leise nur, aber deutlich. Sie wollte es wissen: »Wenn was, Vater?«

Er antwortete nicht. Sie sah ihn an, forderte das »Wenn was«. Seine dunklen Augen blickten in die ihren, und er sagte: »Wenn unser Brunnen versiegt.«
»Gar kein Wasser mehr?« fragte sie. Er nickte zur Antwort nur so leicht, daß sie es kaum wahrnahm.
Im Brunnen war immer Wasser. Sie sah zu dem Pferd, das sein Maul tief in den Eimer hineinsteckte, um den letzten Schluck Wasser zu genießen, den es bis zum Abend bekäme. »Horatio müßte Durst leiden«, sagte sie, um aus der Frage des Vaters ein Spiel zu machen.
»Ja«, sagte er. »Was noch?«
»Wir müßten alle Durst leiden. Auch der Garten.«
»Und wenn der Garten verdorrt?«
»Dann sterben die Pflanzen.« Sie zog mit der Ferse eine Furche in die trockene Erde und dachte an den grünen Garten. Sie forschte in seinen Augen, ob es ein Spiel war.
Was sie sah, war nur der ernste, blinde Blick des Bauern in Zeiten der Dürre. Seine Stimme suchte den Faden seiner Gedanken. »Wenn es regnet ... geht einiges als Dunst ... in die Luft ... und einiges geht durch Wurzeln ... in die Pflanzen. Einiges aber geht tief in die Erde. Was meinst du, wohin es geht?«
»Geht Regen auch in unsern Brunnen?«
Er nickte und aß, ließ sie nachdenken.
Sie schlang die sehnigen Arme um ihre Knie und wippte mit den Fußspitzen. Endlich fragte sie: »Wie findet der Regen den Brunnen?«
»Wir haben den Brunnen dort gegraben, wohin das Wasser fließt.«
Sie blickte auf die gepflügte Erde zwischen ihren Füßen. »Du meinst, es fließt ein Fluß da unten?«

»Ja, es ist wie ein Fluß.« Er bückte sich und drückte seine schwieligen Hände in die trockene Erde, dann sah er zum Himmel auf. »Es ist lange kein Regen gefallen.«
Es machte sie verlegen, daß sie so wenig über den Brunnen wußte. Sie versuchte sich den Fluß unter der Erde vorzustellen und wartete, ob ihr Vater vollenden würde, was er hatte sagen wollen.
Endlich sprach er: »Ich glaube nicht, daß der Brunnen versiegen wird, mein hübsches Kind.«
Die Worte »mein hübsches Kind« staken wie Disteln in ihren Gedanken und machten, daß sie sich klein fühlte. Sie erhob sich und streckte den Rücken, fühlte die warme Erde unter den bloßen Füßen. Sie sah zu ihm auf. »Wenn es nicht auf den Acker regnet, haben wir kein Korn für Brot und Grütze. Was machen wir, wenn kein Regen fällt?«
Damit hatte Aesa nicht gerechnet. Wie wenig kenne ich meine Tochter? dachte er, dann sagte er die schlichte Wahrheit: »Wir müßten fortziehen.«
»Wohin fortziehen?« fragte sie.
»Ich weiß es nicht«, sagte er und hoffte nur, daß die Verzweiflung nicht aus seinen Worten klang.
Sie tat, als hätte sie gehört, was er sie hören lassen wollte: ein Herz so voll Zuversicht, daß es »Ich weiß nicht« sagen und keine Angst dabei empfinden konnte.
»Zu deiner Großmutter vielleicht?« fragte sie.
Er sah zu ihr hinunter und lächelte, dann sagte er in einem so träumerischen Ton, daß sie lachen mußte: »Ja, da wollen wir hin.«
Sie sah das große Pferd an seinem leeren Eimer schnuppern. Die dunklen Muster von Lehm und Schweiß an seinem Hals und den Flanken malten die

Muskeln nach, die auf seinen Knochen saßen. Sarah ging hin und streichelte ihm die seidenweichen Nüstern, rubbelte den hornigen Höcker zwischen seinen Ohren.

Sie band sich mit dem roten Tuch das schöne schwarze Haar hinter den Kopf, nahm den leeren Eimer und ging zurück über die trockenen Ackerfurchen, drückte mit ihren Fersen feste Klumpen ins lockere Erdreich. Am Ackerrand blieb sie stehen und betrachtete das Ding, das da im Boden steckte: eine gerade, schwarze steinerne Kante.

Eine Tafel, dachte sie, genau wie ihre Schiefertafel, nur viel größer – gut viermal so lang wie ihr Fuß und fast ebenso breit. Sarah kniete sich hin und scharrte mit den Händen die Erde von der Tafel. An einer Seite erschien nahe der Oberkante eine lange graue Rille, die in einer abgesplitterten Kerbe endete. Rille und Kerbe wirkten sauber und neu. Sie mußten vom Pflug ihres Vaters stammen.

Zuerst fühlte, dann sah sie unterhalb der Rille etwas so Merkwürdiges, daß sie die Augen weit aufriß: in Stein geritzte Buchstaben – eine sonderbare Schrift, die sie noch nie gesehen hatte. Die Form der Buchstaben erinnerte an Bohnenranken und Erbsenschoten. Dazwischen waren Keile in der Form der dünnen roten Blütenblätter, die im Gestrüpp des Heidelandes leuchteten. Während Sarah tiefer grub, versuchte sie sich auszudenken, was da wohl stand, was für Menschen den Stein hierhergelegt hatten, was wohl aus ihnen geworden war. Vielleicht lebten sie in den Bergen versteckt. »Sie könnten mir jetzt sogar zusehen.« Die Vorstellung machte ihr Herzklopfen.

Jetzt sah sie, daß die Wörter in einem großen Kreis angeordnet waren, und in dem Kreis war ein zweiter, dickerer Kreis von Wörtern. Im Innern des zweiten Kreises befanden sich mehrere kleine, flache Vertiefungen. Und die Sonne wurde heißer und der Boden härter. Sarah klebte das Haar an der Stirn, Erde hatte ihr schlichtes Baumwollkleid verschmutzt, und die Menschen in den Berghöhlen wichen aus ihren Gedanken. Endlich brachten ihre wunden Finger sie zu der Einsicht, daß es besser wäre, zum Schuppen hinunterzugehen und eine Schaufel zu holen.
Sie schaute vom Ackerrand über den Kamm des Heidehügels nach unten. Über das Gestrüpp hinweg konnte sie von hier den oberen Türrahmen des Hauses sehen. Westlich vom Haus lag der große Garten mit dem hohen Stangenzaun, der das Wild abhalten sollte. Und zwanzig lange Schritte nach Osten stand der große Schuppen mit Schmiedeherd, Werkzeug, Kornkästen und der benötigten Schaufel. Zwischen Schuppen und Garten befand sich der Ziehbrunnen.
Hinter dem Haus senkte sich das Land bis hin zu einem Hain dichter Wacholdersträucher und kam dahinter wieder als Felsenkante einer Mesa zum Vorschein. Die verborgene Mesa blickte über ein enges Tal, und weit nach Süden und Westen sah man ein Gebirge mit hohen, spitzen Gipfeln – tiefblau und flach wie ein an den Himmel geklebter Scherenschnitt.
Auf dem Weg nach unten gingen ihr die Worte des Vaters durch den Kopf: »Ich glaube nicht, daß der Brunnen versiegen wird, mein hübsches Kind.« Die Worte wiederholten sich, wälzten sich in ihrem Kopf wie Steine umeinander, rollten den Pfad hinunter durch

das Heideland und bis tief hinein in den düsteren Schuppen. Erst als Sarah dort nach der Schaufel suchte, kamen sie allmählich zur Ruhe. Sowie ihre Augen sich dem schummrigen Licht angepaßt hatten, sah sie die Schaufel, aber kaum wollte sie sich zum Gehen wenden, wurde sie geblendet von dem grellen Rechteck, das die Türöffnung mit dem Hof dahinter bildete. Mitten in diesem Licht, mitten auf dem Hof stand der Brunnen, angestrahlt von der gleißenden Sonne.

Einen Augenblick schien der Brunnen verschwinden zu wollen, schienen die gemauerte Einfassung und die Windenstreben zitternd zu verblassen und nur der grelle Lichtfleck übrigzubleiben, eingerahmt vom staubigen Dunkel des Schuppens. Sie ging auf das Licht zu, das größer und größer wurde, bis sie in der Türöffnung stand. Während ihre Augen sich nun der Helligkeit anpaßten, bekam der Brunnen wieder Gestalt. Konnte man nicht an irgend etwas erkennen, ob er versiegen würde?

Sarah ging hinaus in die Helligkeit und über das Heideland den Hügel hinauf, um die geheimnisvollen Worte auszugraben, die da im Erdreich versteckt lagen. Sie stieß die unhandliche Schaufel in den widerstrebenden Boden. Je tiefer sie in die trockene Erde hinuntergrub, desto beängstigender wurde der Regenmangel – in zwei Fuß Tiefe war es genauso trocken wie ganz oben.

Sie stellte das Graben ein und suchte mit wunden, trockenen Fingern an der Unterkante der Steintafel nach irgendeiner Spur von Feuchtigkeit, fand aber nichts. Sie fühlte nur die scharfe Schneide der Angst,

die sie aus der Stimme ihres Vaters herausgehört hatte.
Weit drüben auf dem Acker sah der Pflüger zu, wie seine Tochter sich mit der großen, unhandlichen Schaufel abmühte. Es gelang ihr, die Tafel aus den Fesseln der Erde zu befreien, aber zum Hochheben war sie ihr zu schwer. Sie winkte ihm zu und zeigte auf die Tafel, dann zum Haus. Er winkte zurück, und das hieß ja, er werde ihren Fund, was immer das war, am Abend mit nach Hause bringen. Und er fragte sich verwundert, was ihr da so wichtig sein konnte.
Während sie zum Haus hinunterging, erinnerte sie sich, wie sie einmal, als sie noch klein war, ihren Vater gefragt hatte, was er denn da oben auf dem Acker anbaue. »Steine«, hatte er in einem Ton geantwortet, der sie überzeugte, daß Steine erst angebaut werden mußten. Er hatte auf den Brunnen gezeigt und gesagt, die Einfassung sei aus den schweren Steinen gemacht, die vom Acker herunterrollten. Ganz von selbst.
Sie spähte in die Dunkelheit des Brunnens und atmete die kühle Luft und den Geruch von nassem Stein. Sie stieg auf die Einfassung, hielt sich an den Windenstreben fest und blickte geradewegs nach unten. Zu ihrer Überraschung sah sie da einen hellen Fleck, blau und glänzend in der Dunkelheit, und etwas bewegte sich vor diesem hellen blauen Licht hin und her. Wenn sie »Hallo« rief, antwortete es »Hallo«, und wenn sie lachte, hallte sein Lachen zusammen mit dem ihren auf und ab.
Sie hatte noch nie an dieser Stelle auf der Brunnenmauer gestanden und so geradewegs ins Wasser hinuntergeblickt, hatte also auch noch nie sich selbst oder

den Himmel darin gespiegelt gesehen. Dieses Spiegelbild könnte ihr helfen, jeden Tag den Wasserstand zu messen, dachte sie, zuvor aber mußte sie irgendwie ein Zeichen an das Seil machen.

Sie stieg hinunter und ging in den Schuppen, um ein Stück Holzkohle zu holen. Als sie wieder zum Brunnen kam, löste sie die Winde und ließ den Eimer hinunter, immer tiefer, bis er den Flecken Himmel gerade berührte und das blaue Licht verschwimmen ließ. Dann malte sie einen schwarzen Strich auf das Seil, wo es um die Winde lief, und einen ebensolchen Strich malte sie auf die Winde.

2

Traumklauber

Sarahs Mutter, die Ada hieß, stand in der Haustür und sah, wie der abendlich lange Schatten ihrer Tochter Wasser aus dem Brunnen zog. Ada hatte die Schultern einer Stallmagd, große Hände und Beine wie Eichenstämme. Sie hatte ein feines Lächeln und lustige Augen, die dumme Gedanken anzweifelten.

Sie sah, wie Sarahs lange Schattengestalt die Schattenwinde drehte, den Schatteneimer heraufzog und die Schattengießkanne füllte.

Sarah trug die Gießkanne zum Garten. Das Wasser sickerte in die wartende Erde, so daß sie schwarz wurde und wie Seide glänzte, und beim Zusehen spürte Sarah, wie es in ihre Gedanken sickerte. Sie war ganz versunken in dieses Gefühl, bis ihr Name durch die Luft zu ihr herüberwehte und sie in die Welt zurückholte.

Ihr Vater kam vom Acker herunter und brachte auf Horatios breitem Rücken den Wörterstein.

Aesas Gesicht war eine Schmutzmaske mit weißge-

ränderten Augen. Als er auf dem Hof angelangt war, nahm er behutsam die Steinplatte herunter und lehnte sie an den Brunnen.
Sarah kam mit einem kleinen Stock, setzte sich auf den Boden und begann die Erde aus den eingemeißelten Buchstaben zu kratzen. »Was heißt das, Vater?« fragte sie den großen Mann, der hoch vor dem Abendhimmel aufragte.
»Weiß ich nicht«, sagte er.
»Wozu steht das da?«
»Weiß ich auch nicht. Hab so etwas noch nie gesehen. Was meinst denn du?«
Sie blinzelte die fremdartigen Wörter an und gab vor zu lesen. »Dieses harte Kissen gehört einer sehr alten Frau, die von abends bis morgens durch die Lüfte fliegt und von morgens bis abends in der Erde schläft.«
Er musterte sie mit ernstem Gesicht und sagte: »Ja. Genauso steht es da.«
Ada kam nachsehen, was los war. Sie bückte sich, um die Tafel zu berühren, fuhr mit dem Finger über die sonderbaren Lettern, nahm dann die Tafel in beide Hände und drehte sie zum Licht. »Hier müssen vor langvergangener Zeit Menschen gelebt haben. Ob sie wohl Bauern waren wie wir?«
Aesa zuckte die Achseln. »Was sonst?«
»Hirten? Vielleicht wuchs hier damals Gras«, und sie zeigte mit ausgestrecktem Arm über das Heidegestrüpp. »Wie weit ist der Acker?« erkundigte sie sich.
»Fertig«, sagte er mit müdem Lächeln.
Sie streichelte sein schmutziges Gesicht. »Dann komm mit«, sagte sie und führte ihn zu der Bank vor dem Haus.

Es begann eine feierliche Handlung. Er zog das ausgebleichte rote Tuch vom Kopf und lehnte sich weit zurück, während Ada ihm liebevoll die Nase zuhielt und langsam einen Krug Wasser über Gesicht und Hals goß. Dann setzte sie sich auf seinen Schoß, knotete sein Hemd auf und wusch ihm Arme und Brust.
Sarah lehnte sich an die Schulter des Vaters und sah dem Wasser nach, das auf die pulvertrockene Erde spritzte.

Ihr Haus war kalkweiß unter einem feinen Überzug von Staub, der vom Acker heruntergeweht war. Der auf die langen Querbalken gestrichene Kalkmörtel ließ hellgraue Linien über die ganze Länge der Wände duchscheinen. Die wenigen Fenster waren aus dickem Glas voller Blasen und Wellen, die alle Mensch- und Tiergestalten, Berge und Wolken verzerrten.
Das Dach, auf dem Ziege Martha die Nächte verbrachte, war mit Rasen gedeckt und fast flach. Martha hielt das Gras kurz, die Sonne hielt es blaßgelb. Sarah trug manchmal Wasser über die Leiter aufs Dach hinauf und machte das Gras wieder grün, dann wuchs es von neuem, und Martha stutzte es wieder.
Drinnen befanden sich ein Tisch aus dicken Brettern, Stühle aus glatten dünnen Ästen, Adas Webstuhl, eine große Truhe, ein Eisenofen, Regale, Schränke, Kästen, ein Bett für Sarah, ein zweites für Ada und Aesa, ein Dachs, zwei Waschbären, ein Fuchs, einige Rehe und sechs Leopardeidechsen, die in Balken, Pfosten und Schranktüren geschnitzt oder daraufgemalt waren –

Adas Werk, als sie schwanger war, zuerst mit Sarah und später mit dem Jungen, der klein starb.
Nach Süden blickten drei dicke Fenster zu den fernen Bergen. Ein mit Heidegestrüpp bewachsener Hang führte vom Haus, rund hundert von Aesas langen Schritten weit, zu dem Wacholdergebüsch und der dahinter verborgenen Mesa. Tief unter der Mesa schlängelte sich ein Bach durch einen Pappelwald. Dort lebte Wild.

Zum Abendessen gab es Brot, Ziegenkäse und krumme gelbe Rüben, die man in eine schwarze Tunke tauchte und roh verzehrte. Als Besteck dienten hölzerne Löffel und eiserne Messer. Statt Gabeln nahmen sie schön geformte Zangengreifer, die wie Kraniche aussahen.
Sarah hielt ihre Tasse über den Kopf. »Milch. Mehr Milch.«
Ada blinzelte sie an, drohte ihr lächelnd, reichte die Milch aber weiter. Sie schaute Mann und Tochter zu, wie sie das gleiche kärgliche Mahl verzehrten, das sie ihnen schon seit Wochen vorsetzte – harten, trockenen, eintönigen Wochen aus Zuwenig und Zuviel. Zuwenig Regen, zuwenig Essen, zuviel Arbeit und zuviel Hitze. Aesa biß von seinem Brot ab und kaute, doch seine Augen sahen einen fernen Ort, an dem seine Gedanken waren. Ada faßte ihn am Arm, um ihn zurückzuholen. »Wir sollten demnächst zum Kaufladen nach Henderswil fahren«, sagte sie.
»Hmmm? Ich muß Horatio ein Hufeisen richten,

links vorn«, kam die müde, abwesende Antwort eines Mannes, der sich vierzehn Stunden lang in der Sonne mit einem Pflug abgemüht hatte.
»Viel Geld haben wir nicht, aber vieles zum Eintauschen«, sagte Ada.
»Ich habe auch was zum Eintauschen«, sagte Sarah mit Ziegenmilchbart.
»Heißt das, du mußt mitkommen?« hänselte ihre Mutter.
»Ja, das heißt es«, sagte sie.

Im Halbdunkel vor Sonnenaufgang machten sie sich zur Fahrt nach Henderswil bereit. Horatio stand im gelben Schein der Laterne auf dem Hof, während Aesa ihm sein loses Hufeisen festklopfte. Sarah streichelte ihm die seidigen Nüstern und atmete seinen Geruch und den frühmorgendlichen Duft der Heide. Sie half ihrem Vater, dem Pferd das Geschirr anzulegen, die großen Schnallen festzuziehen und Horatio vor den Wagen zu spannen. Er war ein schönes Pferd, groß und fast anmutig, auch wenn er jetzt vor einem so plumpen Gefährt mit hohen Eisenrädern stand.
Ada melkte im Dunkel des Schuppens gerade Ziege Martha, als sie in der schwachen Morgendämmerung ihre Tochter näher kommen sah. Vor der Schuppentür saß eine Katze mit ihren Kätzchen in Reih und Glied, aller Blicke unverwandt auf den weißen Milchstrahlen, die vom Euter zum Eimer schossen. Sarah hockte sich ihrer Mutter gegenüber und begann zu melken. Katze und Kätzchen schauten zu und warteten. Jetzt

schoß ein Milchstrahl aus dem Dunkel des Schuppens. Milchnasse Kätzchen leckten sich schnurrend ab. Sarah drückte ihren Kopf in Marthas weiche, warme Flanke und lächelte.

Eine Kiste mit Türangeln, Klinken und Messern aus Aesas Schmiede, ein Teppich von Adas Webstuhl und vier Körbe Getreide wurden auf den Wagen geladen. Sarah brachte ihre eigene Schatzkiste. Sie war aus Blech, der Deckel mit vielen Tiergesichtern bemalt. Sie prüfte den Inhalt, während der Wagen auf dem zerfurchten Weg dahinholperte: tönerne Murmeln, gläserne mit bunten Schlieren, Muscheln, ein runder roter Stein, ein Tuch, bestickt mit einer ungewöhnlichen Antilope, ein langer Zopf aus Haaren von Horatios Mähne, die Klapper einer Klapperschlange, eine vertrocknete Kröte und eine lange gelbe Schärpe.

Als die Sonne hinter ihnen aufging, überquerten sie die Hochebene auf einer Straße, die nur aus Radfurchen bestand. Sie fuhren einige Meilen weit durch wilde Prärie mit ein paar Wäldchen, dann ging es über einen Bach, der durchs Tiefland floß. Hier vereinigte sich ihr Weg mit einem anderen, der noch tiefere Radfurchen hatte; es war die Hauptstraße nach Henderswil.

Sie überholten eine achtköpfige Familie, die hintereinander am Wegrand ging. Sarah winkte, aber die Leute winkten nicht zurück. Sie gingen mit hängenden Köpfen, sahen nichts als ihre Füße und sprachen kein Wort, auch als Aesa anbot, sie mitzunehmen.

Nicht mehr weit vor Henderswil bot sich Sarah ein seltsamer Anblick. Auf einer Wiese neben der Straße hatten ein Mann, eine Frau und drei Kinder allerlei merkwürdiges Gerät aufgebaut: eine lange schlanke Trommel auf einem Dreibein, eine kurze dicke Trommel auf dem Boden, einen großen kreisrunden Fächer aus hölzernen, mit Kupferblech beschlagenen Propellerblättern, worunter ein Haufen Leinensäcke vor sich hin qualmte. Eines der Kinder drehte mit einer Handkurbel den Fächer, während ein anderes ein feines rotes Pulver in den aufsteigenden Rauch streute. Das dritte Kind hüpfte auf dem Wagen herum und kreischte vor Vergnügen. Die ganze Familie war rötlich gefärbt. Etliche Leute standen an der Straße im spärlichen Schatten sterbender Bäume und starrten zum Himmel und seinen dünnen Wölkchen hinauf.

Sarah zeigte auf die rötlichen Leute. »Was machen die da?« fragte sie.

»Ich glaube, sie wollen Regen machen«, antwortete ihre Mutter.

Drei gestrenge Männer auf dicken Pferden beobachteten von der Straße aus das Geschehen. Sie saßen in Sätteln aus Korbgeflecht. Auf ihren Jacken und an den Hosennähten prangten viele kleine Spiegel.

Sarah zupfte ihre Mutter am Arm. »Sieh mal da. Wer sind denn die?«

»Zuschauer. Sie schauen zu«, sagte Ada.

Die Trommeln wurden geschlagen, und roter Rauch quoll zu den dünn über den Himmel ziehenden Wölkchen hinauf. »Wolken gibt's schon, aber keinen Regen«, sagte Aesa, indem er Horatio zügelte. »Der Mann ist ein Traumklauber, aber wenn er Glück hat, ist es auch unser Glück. Wollen wir ihnen also etwas Weizen schenken.«

Sie nahmen ein paar Handvoll Weizen aus einem der Körbe und warfen sie den rotbestäubten Leuten zu.

»Viel Glück«, flüsterte Sarah, dann drehte sie sich um und raunte ihrer Mutter ins Ohr: »Was ist ein Traumklauber?«

Ada lächelte. »Einer, der deine Träume nicht wahr machen kann«, sagte sie, »und dir darum deine schlimmsten Ängste verkauft.«

Sarah blickte in die hoffnungsvollen Gesichter am Straßenrand. »Haben die Leute dafür bezahlt?« fragte sie.

»Ja. Sie fürchten, daß es nicht regnen wird, darum bezahlen sie den Regenmacher. Er trommelt die Wolken an und bläst Rauch zum Himmel, aber er weiß, daß es davon nicht regnet.«

Sarah blickte zu den dünnen Federwölkchen hinauf. »Und wenn er weiterzieht und kein Regen fällt, dann fürchten sie sich weiter?«

»Ja«, sagte Ada mit einem Glitzern in den Augen, »und somit hat er ihnen verkauft, was sie von vornherein schon hatten.«

Sarah stieg vom Wagen und ging zu den Regenmachern. Sie musterte einen nach dem anderen, dann ihre Geräte. Der Mann hatte ein unruhiges Flackern um die Augenlider. Die Frau sah mürrisch drein. Die Kinder waren folgsam, ernst und schmutzig, bis auf das kleinste. Es war vergnügt und schmutzig.

Ihre Geräte waren kuriose Gebilde aus Holz und Kupfer, bemalt mit zierlichen Rankenmustern und Tiergestalten – Sarah sah Vögel, Fische, Regenbögen sowie einen Mann, eine Frau und drei Kinder, die kuriose Geräte aus Holz und Kupfer bedienten. Auch diese

Geräte waren wieder mit den gleichen zierlichen Rankenmustern und sehr kleinen Tiergestalten bemalt – Vögeln, Fischen, Regenbögen und winzigen Menschen, die winzige Geräte bedienten.
Sarah ging zum Wagen zurück, stieg auf und stellte sich zwischen Aesa und Ada. Mit den Händen zeigte sie die Größe der Bilder an, die sie beschrieb: »Sie haben Bilder auf dem Wagen, darauf sind Bilder von den Bildern auf den Bildern, und darin sind noch mal dieselben Bilder, nur ganz winzig.« Sie zeigte an ihren Fingern, wie winzig die winzigen Bilder waren.
»Aber wird es auch regnen?« fragte ihr Vater.
»Das weiß ich nicht«, sagte sie.

3

Wuselschalk

Henderswil lag im Wald verborgen, mehr Laubendorf als Stadt. Zwischen den Bäumen lugten Hütten und Gärtchen und mißtrauische Bewohner hervor. Stumpfe Tölpel mit langen Gesichtern warfen böse Blicke, murrten oder taten schnaubend ihren Unmut kund. Viele waren von einer seltsamen Blässe. Sarah hielt die Hand ihrer Mutter und sah sich um.

Aesa lenkte Horatio vor ein Lehmziegelhaus, während Sarah das verwitterte graue Schild darüber betrachtete und zu raten versuchte, was darauf stand: »Brackens Konsumwaren und ...«

Und was? dachte sie.

Ein Fenster aus Glassteinen, zwei Zoll dick und in Reihen angeordnet, war tief in die dicke Mauer eingelassen. Vor dem Laden saßen Männer auf Fässern, kauten schlechten Tabak und guckten. Zu sagen hatten sie nichts, und sie sprachen oder nickten nicht einmal, als Aesa zu ihnen hinübersah.

Sarah ging mit ihren Eltern die Ladentreppe hinauf, blieb aber wie angewurzelt stehen, als sie plötzlich Schreie hörte. Unten an der Straße schleiften Kinder, so alt wie sie oder älter, ein kleines Tier an einem Strick durch den Schmutz, schlugen mit Stöcken darauf ein und grölten dazu:

Haargetüm, Lumpenbalg
Hussa wussa
Wuselschalk.

Sarah sprang die Treppe hinunter auf die Straße und lief zu den Kindern hin. »Hört auf damit!« rief sie. »Hört auf! Ihr macht es doch tot!«
Sie hielten inne und sahen sie an. Ein schmutziges kleines Kind schrie zurück: »Ist schon längst tot, du Blödian! Wir haben's schon totgemacht.«
Das Tier lag reglos im Staub. Die Kinder starrten Sarah nur an, wußten nichts mit ihr anzufangen.
Sie lief zu dem Tier und ging neben ihm in die Hocke. Aber es war nicht tot, nur besinnungslos. Jetzt öffnete es ein Auge und blinzelte. Sarah schob ihm die Schlinge über den Kopf und streichelte es.
Ganz unten an der Straße stand eine Frau, zusammengekrümmt und frierend wie ein nasser Hund, auf dem Kopf einen Turban aus Echsenhaut, und wandte den bangen Blick nicht von ihr. Die Echsenfrau schrak heftig zusammen, als sie den Fuchs unter Sarahs Händen wieder lebendig werden sah. Der Fuchs rappelte sich mühsam auf die Beine, dann war er mit einem Satz an den Kindern vorbei und verschwand zwischen zwei baufälligen Hütten.

Die Kinder nahmen die Verfolgung auf und ließen Sarah allein auf der Straße stehen, doch der kleine Fuchs war schon auf und davon. Sarah schaute ihnen nach, dann machte sie kehrt und ging über die Straße zurück zum Laden.

Ada wartete an der Tür. »Das war sehr mutig von dir«, sagte sie.

»Es war ein Fuchs, Mutter.« Sarah sah ihre Hand an und lächelte. »Angefaßt habe ich ihn auch.«

Weit unten an der Straße drehte die Echsenfrau sich armefuchtelnd im Kreis. Einmal blieb sie kurz stehen, starrte zum Laden hinüber und bewegte kaum merklich den Kopf hin und her. Dann hielt sie zitternd drei Finger mit einem vierten zusammen, um ein Zeichen zu machen gegen das Böse, das sie soeben gesehen hatte. Sie wußte mit Bestimmtheit, daß dieses Kind durch bloßes Handauflegen einen toten Fuchs zum Leben erweckt hatte. Widernatürlich.

Im Kaufladen standen oder saßen fünf Männer und eine hübsche Frau mit müden Augen. Sie wollten anscheinend nichts kaufen. Sie warteten nur und guckten.

Die Echsenfrau drückte vorsichtig die Tür auf und spähte hinein. Ihre dunklen, tiefliegenden Augen suchten das seltsame Kind, das einen toten Fuchs wieder lebendig gemacht hatte. Aber Sarah befand sich auf der anderen Seite des Ladens hinter ein paar Kornsäcken. Sie stand auf einer Bodenwaage und wog sich selbst und alles, was sie in die Finger bekam. Die

Frau ging vorsichtig einmal quer durch den Laden, bis sie vor dem Fenster stand. Da erblickte sie Sarah, deren ganze Aufmerksamkeit jetzt einer Sammlung häßlicher Masken galt, die aus Tierfellen, Federn, Schnäbeln, Klauen, Steinen und Tuch gemacht und zum Halten an langen dünnen Stäben befestigt waren. Das Kind hob eine Maske hoch, die zwei flache schwarze Steine als Augen, einen langen spitzen Schnabel und blaue Federn hatte.
Die Echsenfrau blieb gebannt stehen. Wie ein Schattenriß stand sie vor dem hellen Licht des Fensters und guckte.
Sarah hielt sich die Maske vors Gesicht, drehte sich einmal langsam im Kreis herum und betrachtete den Laden durch die kleinen Löcher, die in die flachen schwarzen Augen gebohrt waren.
»Kind!« rief da jemand. Sie drehte sich nach dem Rufer um und sah durch die winzigen Augenlöcher Bracken, der ihr mit dem Finger drohte. »Das ist kein Spielzeug, Kind. Nichts zum Spaßen«, sagte er laut mit strenger Stimme.
»Das wußte ich nicht«, sagte Sarah ein wenig verlegen und legte die Maske wieder hin. Dann blieb sie still stehen, wo sie stand, und schaute nur noch zu.
Der Handel zwischen Aesa und Bracken geschah mit Gesten und wenigen Worten. Aesas Türangeln wurden zurückgewiesen, die Klinken und Messer genommen. Nach jedem Abschluß gingen sie an der langen Theke einen Schritt weiter, ließen die getanen Geschäfte hinter sich: Ware gegen Ware, besser als ein Rechnungsbuch, denn wieviel jeder schon hatte, bot beiden die Richtschnur für den nächsten Handel. Mit

jedem weiteren Schritt an der Theke entlang dauerte das Handeln länger, denn es bezog alle schon abgeschlossenen Geschäfte mit ein. Alles mußte immer wieder neu bedacht werden. So war es schließlich doch nur ein einziger Handel – Abschluß um Abschluß, mit immer neuen Einwendungen, neuen Nachbesserungen.
Sarah folgte aufmerksam diesem langwierigen Geschäft. Die Stirn in steile Falten gezogen, beobachtete sie das wechselnde Geben und Nehmen zwischen ihrem Vater und dem fremden Mann, der spitze Augenbrauen und haarige Ohren hatte.
Aesa hatte seine Freude an diesem Verkaufsspiel und war auf seine bäurische Art ebenso gewieft wie Bracken, dem sein durchtriebener Humor glatt von der Händlerzunge ging, während die flinken, verstörten Augen seine Sorgen verrieten.
»Keiner baut mehr«, sagte Bracken. »Keiner kommt. Kein Regen. Die Leute ziehen fort.«
»Ja«, sagte Aesa. Er kramte einen dünnen rubinroten Stein aus einem kleinen Lederbeutel und erstand dafür eine Feile und eine Rolle dicken Draht zum Nägelschmieden.
»Wundert mich, daß ihr diese Dürre so lange überlebt habt, Aesa«, sagte Bracken. »Verrate mir euer Geheimnis.«
»Ich könnte Arbeit brauchen.« Aesa grinste Bracken mit großen Zähnen an. »Wer würde wohl einen Schmied benötigen?«
»Hmmm? Vielleicht weiß ich einen, der ›würde‹. Für zehn Stundenlöhne will ich ihn zu dir schicken. Einverstanden?«

»Drei Stundenlöhne«, hielt Aesa dagegen. »Und nur, wenn es mehr als ein Tagwerk ist.«

»Ich will's mir überlegen«, sagte Bracken.

Ada kam an die Theke und stellte ein paar Säckchen Salz und Zucker darauf. »Mehl brauche ich auch. Gibst du uns fünfundzwanzig Pfund Mehl für fünfzig Pfund Korn?«

»Zwanzig kann ich höchstens geben«, sagte Bracken.

»Du bist ein wenig verzagt heute, Bracken.«

Bracken sah sie an und lächelte dünn. »Ihr wißt, daß zwei von euren Nachbarn ihre Brunnen verloren haben – Silas und die Hartnerin. Sie hat das Tal verlassen, und ihr werdet die nächsten sein.« Er zog die Brauen hoch. »Wir sind alle verzagt«, sagte er.

Ein alter Mann, der zugehört hatte, kam keuchend und kurzatmig näher und beugte sich zu Aesa vor. »Es ist ein Fluch«, keuchte der Mann. »Das sagen die Leute: ein Fluch. Alle anderen Täler haben Regen, alle – im Norden und Süden. Nur bei uns ist es trocken. Was sagst du dazu, Nachbar?«

Aesa ließ ihn stehen und folgte Ada und Bracken nach hinten, um das überteuerte Mehl abzuholen.

Sarah war ganz gebannt von der Frau mit dem Echsenturban, die Zauberverse murmelte, während sie sich mit zappeligen Händen über den ganzen Körper fuhr und Zeichen zur Abwehr des Bösen machte. Sarahs Blick zermürbte die Frau.

Die Echsenfrau biß sich auf die Hand. »Das Kind versteht«, sagte sie bei sich. »Es kann in mich hineinsehen. Es muß verstehen.«

Angst brannte in ihrer Seele. Ihr Gesicht glänzte von Schweiß. Sie wußte, daß dieses Kind ihr tief ins Herz blicken konnte. Ja, ihr Geheimnis war tief in jede Runzel, jede Falte ihres Körper eingeprägt – in ihren Gang, ihre toten dunklen Augen, in die erstickte Bewegung, mit der sie ihren langen, mageren Hals zwischen die Schultern zog. Sie fühlte, wie etwas in ihr sich auflöste und ins Deckengebälk des tristen Kaufladens verdunstete.

Etwas Kaltes, Feuchtes entringelte sich in ihrem Gehirn. Es war, als rutschte ihr der Kopf vom Hals. Sie streckte die Arme aus, griff in die Luft, fiel jedoch wie ein toter Stein ohnmächtig zwischen die Säcke mit Saaterbsen, verschrumpelten Knollen und schimmligem Mais.

Einige Leute gingen zu ihr hin. Die hübsche Frau mit den müden Augen fächelte ihr Branntwein unter die Nase. Die Echsenfrau wachte keuchend auf, die Arme hochgereckt zur Abwehr des unsichtbaren Bösen, den Turban immer noch fest auf dem Kopf.

»Das Kind ist ein Dämon«, flüsterte sie den Umstehenden zu. »Es hat mit Hilfe des Bösen die Macht ergriffen.«

Ihre Gesichter zuckten. Ihre weit aufgerissenen Augen blickten dahin und dorthin, suchten einer des anderen Ängste zu erhaschen.

Sarah betrachtete ihre Rücken. Langsam drehten sich ihre Köpfe, um aus den Augenwinkeln nach ihr zu schielen. Sarah lächelte sie an. Verwirrt sahen sie wieder zu der Echsenfrau, mochten ihrer Beschuldigung keinen rechten Glauben schenken.

Sarah wußte nicht, was sie von alldem halten sollte. Sie machte einen Schritt auf die verstörte Frau zu. Die Frau begann zu wimmern. Sie wußte, daß dieses Kind

sie nur zu berührten brauchte, und ihre Seele würde sich in einen schwarzen Ziegelstein verwandeln, der nach Frettchendung roch.
Aesa kam von hinten aus dem Laden und befahl Sarah, draußen zu warten. Das Verhalten des Ladenbesitzers war von grämlicher Wertschätzung in Furcht umgeschlagen. Er schalt nicht mit den Eltern des Mädchens, wollte nur noch, daß sie fortgingen und ihr störendes Kind mitnähmen.
Sarah blickte die Straße hinauf und hinunter. Sie stand neben Horatio und streichelte ihm die Nüstern. Als sie sich umdrehte und zum Laden zurückblickte, spähten verzerrte Gesichter durch das Fensterglas zu ihr heraus. Jedes Gesicht betrachtete sie durch die Linse seines eigenen Unheils.
Sie musterte die Gesichter: belustigende, schreckliche, wunderliche Gesichter, gefangen in dickem Glas. Als sie immer drohender wurden, wandte Sarah sich ab.
Sie nahm eine Weidenrute vom Wagen und begann ein großes krakeliges Bild in den Straßenstaub zu zeichnen. Sie war so in ihr Tun vertieft, daß sie die Echsenfrau nicht bemerkte, die aus dem Laden kam und sich eine von Brackens Masken vors Gesicht hielt. Die Frau eilte steifbeinig davon. Sarah malte in den Staub.
Aesa und Ada kamen mit ihren Säckchen und Bündeln aus dem Laden und luden sie auf den Wagen. »Du hast nichts eingetauscht?« fragte Ada ihre Tochter.
»Wollte nichts haben«, sagte Sarah.
Weit unten an der Straße redete die Echsenfrau, wild mit den Armen fuchtelnd, auf die drei spiegelstrotzenden Männer mit ihren dicken Pferden ein. Die

Leute von Henderswil nannten sie die Dreisamen. Sie hörten ihr aufmerksam zu. Einer von ihnen schrieb jedes Wort mit.
Die Echsenfrau endete. Sie hielt sich die seltsame Tiermaske vors Gesicht und beobachtete durch die kleinen Augenlöcher Sarah und ihre Eltern, bis sie abfuhren.

Sie waren kaum aus dem Städtchen, als Sarah eine kleine Menschenansammlung um einen breitschultrigen Mann sah, der auf einem Kastenwagen stand und mit einer Hand einen durchsichtigen Klotz über seinen Kopf stemmte. Mit der freien Hand zeigte er zu den fernen Bergen und rief mit volltönender Stimme:

Wundereis aus Bergeshöhlen.
Wundereis aus Bergeshöhlen.

Seine Bewegungen waren langsam und steif – ein lebendig gewordenes Spielzeug. Seine Augen strahlten, seine Wangen glühten. Offenbar war er nicht aus Henderswil, und vielleicht war das Geschäft mit dem Eis auch ihm neu. Er betrachtete einen Kunden, betrachtete den Eisblock, auf den der Kunde ein Auge hatte, begutachtete dann wieder den Kunden und nannte bedächtig einen Preis, wobei seine Stimme sich zu einem Fragezeichen hob und die Sache im Ungewissen und für Verhandlungen offenließ. Es war, als hätte er den Eisverkauf erst in diesem Augenblick erfunden.

Sarah stieg vom Wagen, noch ehe er stand, und schob sich durch das Gedränge, bis sie vor den Stiefeln des Breitschultrigen ankam, die ganz mit Sägemehl verkrustet waren. Hinter ihm türmte sich ein Berg Sägemehl, der das Eis vor der Sonnenhitze schützte. Seine dicken roten Hände wühlten einen neuen Eisblock aus dem Sägemehl – etwa einen Fuß lang und breit und fünf Zoll dick. Er wischte den Block sorgfältig ab und bot ihn der Menge feil: »Wundereis aus Bergeshöhlen.«

Ein Mann winkte und fragte: »Heilt das Eis auch Fieber?«

»Dieses Eis«, antwortete der Breitschultrige mit seiner volltönenden Stimme, »heilt Fieber und lindert Halsweh. Zerstampft das Eis mit einem harten Stein, gießt Rotbeerwein darüber, und ihr habt ein Labsal, einen Wundertrank. Heilt er nicht gleich, so verschönert er doch das Leiden.« Er lachte, aber sein Lachen steckte die Leute nicht an.

»Was soll denn das Wunder an dem Eis sein?« fragte ein böswilliger Mann mit der Stimme eines Bären.

»Wann habt ihr zum letzten Mal Eis gesehen, meine Freunde?« Sie schwiegen, denn das war schon sehr lange her – manche hatten überhaupt noch nie Eis gesehen, erst recht kein Wundereis. »Na bitte, ist es dann nicht schon ein Wunder, daß wir bei dieser Hitze überhaupt Eis haben? Wenn das kein Wunder ist!« Und wieder rollte sein Lachen auf sie herab.

»Aber ich muß euch sagen, dieses Eis ist das schönste Eis, das ich je gesehen habe.« Er sprach jetzt langsam und sehr deutlich. »Es ist sauber und klar. Habt ihr je so reines Eis gesehen?« Er betrachtete lächelnd das Eis

und streckte es ihnen entgegen. Wirklich, es war sauber und klar, ohne Blasen und Schlieren oder irgendwelchen Schmutz darin, entstanden aus Wasser, das von den fernen Bergen gefiltert worden und seit Hunderten, vielleicht Tausenden von Jahren gefroren war. Es glitzerte in seinen Händen.
»Darf ich bitte mal sehen?«
Der Breitschultrige blickte hinunter in das strahlendste Gesicht, das er je gesehen hatte.
Sarah hatte Gefallen an dem breitschultrigen Mann und war ganz hingerissen von dem Eis, das sie bisher nur vom Hören kannte, aber noch nie gefühlt hatte. Sie lächelte zu ihm auf. Er bückte sich und hielt ihr den Eisblock hin. Sie sah tief hinein in das Eis, dann blickte sie wieder zu dem Breitschultrigen auf und lachte. Wie kann Wasser so werden? dachte sie und streckte die Hand danach aus.
Mit einem überraschten Quiekser sprang sie zurück.
»Es ist ja heiß!«
»Im Gegenteil, es ist kalt«, sagte der Mann.
Sie hielt den Finger an die Lippen, um die Kälte zu fühlen. Wieder lachte sie, und der Breitschultrige strahlte. »Nimm das Eis. Es ist für dich.«
»Das ganze?«
»Natürlich. Nimm das ganze.« Er stieg lachend vom Wagen und schob sich durch die Menge, den Eisblock hoch über dem Kopf. Sarah ging ihm nach. Der Mann sah zu Ada und Aesa auf und sagte: »Sie muß eine geheime Macht über mich haben. Da verschenke ich nun mein kostbares Eis.« Er schob das Eis in eine Ecke des Wagens und packte Stroh darum. »Damit es länger hält«, sagte er.

Sarah stellte sich auf den Wagen und streckte dem Mann die geschlossene Hand hin, in der sich ein Geschenk für ihn befand. Er hielt die Hand auf, und sie legte ihren kostbaren roten Stein hinein.
»Sehr schön«, sagte er und lächelte.
Gerade wollten sie weiterfahren, als in der Menge um den Eiswagen Unruhe entstand. Ein Mann gab einem größeren Mann einen Stoß, worauf dieser ihm einen furchtbaren Fausthieb gegen den Kopf versetzte. Der Getroffene fiel schwer zu Boden und blieb reglos liegen, vielleicht bewußtlos, vielleicht zu furchtsam, um sich zu rühren, vielleicht tot. Der Größere beugte sich schwer atmend über ihn und wartete, zum neuen Schlag bereit.
Sarah schrie vor Schrecken laut auf. Sie fühlte die furchtbare Kraft des Schlages und griff sich an die Schläfen. Schon wandte die Menge sich zu ihr um. Der Große sah auf, die Fäuste geballt. Er hatte ein milchweißes und ein blaues Auge. Aesa ließ Horatios Zügel schnalzen, und sie waren fort. Die bleichgesichtigen Leute starrten hinter ihnen drein. Sarah starrte zurück. Auch der Breitschultrige sah ihnen nach. Die Schlägerei hatte ihn verwirrt und traurig gemacht. Erst als sie schon fort waren, fiel ihm ein zu winken, und er winkte den fernen Bergen und den hohen, fernen Wölkchen.

Vor Brackens Kaufladen standen die Echsenfrau, die Dreisamen Reiter und fünf Kinder und betrachteten Sarahs Zeichnung im Straßenstaub. Ihre Neugier lockte andere herbei, die sich nun alle den Kopf darüber zerbrachen, welches Geheimnis das fremde Kind ihnen da hinterlassen hatte.

Es war die Aufgabe der Dreisamen Reiter, Ordnung zu halten, Strafen zu verhängen und Missetaten aufzuklären. Sie befriedigten das Ordnungsbedürfnis der Menschen und standen im Dienst der Ratsherren von Henderswil. Ihr Befehlshaber war Krall, der ein Gesicht wie eine Axt hatte. Dann kam Graulenauge, der flink und tückisch war, und schließlich Griffling, der Schriftführer. Er war sehr rund.

Sie ritten in Sätteln aus Korbgeflecht. Ihre Pferde waren dick. Der Schriftführer herrschte über ein kleines Korbpult, das auf seinen Sattel geflochten war, und einige lederne Satteltaschen voller Bücher.

Der Befehlshaber gab dem Schriftführer einen Befehl, und dieser malte auf seinem luftigen Sitz sorgfältig kleine Wörter in sein großes Hauptbuch. Das Schreiben war schwierig auf diese Weise, und oft spritzte dabei die Tinte, aber Griffling war ein guter Zeichner und konnte das Rätselbild im Staub getreulich abmalen. Nachdem es einmal auf die Maße des Hauptbuchs verkleinert war, konnte man erkennen, daß die Zeichnung des Kindes ein Tier darstellte. Einen Fuchs.

Griffling hielt sein Hauptbuch so, daß die Echsenfrau hineinsehen konnte. In ihrem Gehirn tanzten lauter kleine Funken. Sie wühlte in ihrer großen Ledertasche und brachte ein Fläschchen mit einem dunkelroten Pulver zum Vorschein, das sie auf die Zeichnung zu ihren Füßen streute. »Naa nanaaa, naa nanaaa«, sang sie dazu, immer wieder von vorn, und begann mit den Füßen den Boden zu stampfen – zertrat die Zeichnung des Dämonkindes. Den Dorfkindern gefiel das Gesinge und auch das Stampfen, und schon taten sie es der Echsenfrau gleich. Bald stieg von der Straße eine Staubwolke über dem Städtchen auf.

Die Leute bei dem Eiswagen draußen vor dem Städtchen wurden durch das Gesinge der Kinder aufmerksam und näherten sich der Staubfahne.

Der breitschultrige Mann sah ihnen nach. Auf seinem Gesicht erblühte ein frohes Lächeln. Es machte ihm keine Freude mehr, hier Eis zu verkaufen. Nun war er von ihnen befreit, ihren verdrießlichen Gesichtern, ihren mißtrauischen Blicken, den feindseligen Stimmen. »So ist das«, sagte er zu seinen beiden schneeweißen Mähren. »Sie sind soweit, daß sie sich über fast alles erzürnen. Es hätte uns treffen können, Mädchen.« Er schnalzte mit der Zunge, und sie bogen auf die Straße ab und schlugen den Weg ins Tal ein, wo sie grünere Weiden zu finden und Menschen anzutreffen hofften, die nicht so niederträchtig waren.

4

Eidechse auf Rädern

Sarah schob das Stroh beiseite und strich mit den Fingern über das schöne Eis, während der Wagen knarrend durch das Heideland fuhr.

Aesa drehte sich um. »Brich uns mal ein Stück von deinem Eis ab, Sarah.« Er griff unter den Bock, nahm einen Hammer aus dem Werkzeugkasten und reichte ihn ihr hinunter. Dann wandte er seine Aufmerksamkeit wieder Horatio und dem Heideland zu und wartete auf das Knacken von brechendem Eis.

Sie nahm den Hammer in beide Hände und betrachtete ihr vollkommenes Eis. Gern hätte sie es so behalten, wie es war: vollkommen, rein und uralt. Ihr Vater sah sie an. Dann auch ihre Mutter.

Sie hob den Hammer über den Kopf, schloß die Augen und schlug kräftig zu. Das Krachen von splitterndem Eis, mitten in der heißen Prärie nach langer Dürre, kam für Ada so überraschend, daß sie lächeln mußte. Die Eisklümpchen glitten Sarah durch die Finger und

schlitterten überallhin. Sie fing sie mit der hohlen Hand auf und bot sie ihren Eltern an.
Ein Stückchen von dem kostbaren Eis behielt sie, um es zwischen den Fingern schmelzen und auf die kleinen Tiergesichter tropfen zu lassen, die auf den heißen Blechdeckel ihrer Schatzkiste gemalt waren. Dampf stieg von diesen kleinen Gesichtern auf. Sarah öffnete die Hand und sah sich das Eis genauer an. Dann steckte sie es in den Mund und lutschte, machte einen Mund ohne Lippen, während sie die Prärie an sich vorbeiziehen sah. Die Sonne stand hoch, und die Prärie war heiß.
»Mutter?«
»Hmmm?«
»Was waren das für komische Tiergesichter?«
»Was für Tiergesichter?«
»Die an den Stäben«, sagte Sarah.
»Die halten Menschen sich vors Gesicht, wenn etwas Böses naht, damit das Böse nicht in sie hineinsehen kann.«
»Warum haben wir uns keine gekauft?«
»Man braucht sie nicht«, sagte Ada.
»Bracken ist ein Traumklauber, ja?«
»Ja«, lachte Ada. »Ein Traumklauber.«
Nach der Rotbeerschlucht, dem Käferfelsen und einigen alten gebleichten Pferdeknochen, die halbverborgen im Heidegestrüpp lagen, sahen sie in der weiten Prärie von fern eine dunkle Gestalt. Vielleicht kam es von dem Hitzeflimmern, daß sie so sonderbar aussah, denn der obere Teil schien einen Kopf und einen langen, dicken Hals zu haben, der untere aber offenbar Räder.

Sarah beobachtete die Gestalt, und immer größer wurde ihre Neugier. Sie konnte einfach nicht erkennen, was sie sah, weil es unablässig seine Form veränderte. Manchmal sah es wie ein Packesel aus, dann wieder glich es mehr einer Eidechse. Es verschwand in einer Mulde, doch etwas später erschien es auf der anderen Seite wieder und setzte seinen Weg fort. Das staunende Kind sah seine Eltern an und fragte sich, ob sie wußten, was es nicht wußte. Es sah auch die Eltern hinschauen, fragte aber nicht. Nun war es ein Geheimnis. Geheimnis sollte Geheimnis bleiben.
Ada wußte, daß die seltsame Gestalt auf einer anderen Straße ging, die sich bald mit der ihren treffen würde, und dann erführen sie, wer oder was ihren Augen solche Streiche spielte.
Aesa bemerkte die sonderbare Erscheinung in der Ferne, aber er war in andere Gedanken vertieft. Sein Blick galt den dürren Stoppeln zwischen den Radfurchen, die unter dem Wagen dahinglitten. Er betrachtete die zusammengerollten schwarzen Blätter der Bäume, das ausgetrocknete Bachbett und in einer Bodenmulde den Kadaver eines Pferdes, das noch nicht lange tot war. Er fühlte, daß an dieser Dürre etwas neu und anders war, aber sein Gehirn befand sich in den Krallen der Angst, und er fand keine Worte für sein Gefühl. Da huschte etwas an seinem Gesicht vorbei und erschreckte ihn. Er drehte sich um und sah einen kleinen roten Vogel mit gelben Augen und schwarzem, spitzem Schnabel über dem Wagen schweben.
»Er riecht das Eis«, sagte Ada.
Der Vogel drehte ab und flog fort. In der Ferne fand er

einen Aufwind, ließ sich davon in den Himmel tragen und entschwand ihren Blicken.
Aesa wandte seine Gedanken wieder der Dürre zu und verstand jetzt, was daran neu und anders war – er hatte es aufgegeben, auf Regen zu warten. Regen war keine denkbare Möglichkeit mehr. Er überlegte nur noch, wohin er mit seiner Familie ziehen könnte. Wie sollten sie überleben?
»Was tue ich nur?« fragte er laut und erschrak über den Klang der eigenen Stimme. Ada sah ihn an. Sie faßte ihn tröstend am Arm, denn sie wußte, was ihm auf der Seele lag.
Sarah war viel zu sehr im Bann dieser seltsamen Gestalt, die auf der anderen Straße durch das Hitzeflimmern zog, um die Worte des Vaters mitzubekommen. Sie sah jetzt, daß es keine schwarze Eidechse auf Rädern war, sondern eine gebeugte alte Frau, die von Kopf bis Fuß in Schwarz gekleidet war und einen kleinen Karren mit ihren Habseligkeiten zog.
Ada erkannte etwas Vertrautes am Gang der alten Frau, den gebeugten Schultern. »Aesa. Sieh mal, Aesa – diese Frau.«
Er zügelte Horatio an der Wegegabel und sah der alten Frau entgegen. Nicht zu glauben. Die alte Frau hatte für nichts einen Blick. Sie starrte unverwandt auf den Weg, bis sie neben Horatio war, dann bog sie auf die Straße vor ihnen ein.
»Hallo?« rief Aesa hinter ihr her.
Die alte Frau blieb stehen, drehte sich um und sah in die Richtung, aus der die Stimme kam. Sie kniff die Augen zusammen, dann löste sie langsam die steifen, knotigen Hände von den Griffen ihres Karrens und

kam zu dem Pferdewagen zurück. Sie hielt sich die Hand über die Augen und sah zu Aesa hinauf.
Eine dünne, müde Stimme kam aus ihrer trockenen Kehle. »Ich bin deine Großmutter Lilly«, krächzte sie. »Erkennst du deine eigene Großmutter nicht?«
Mit großen Augen sah Aesa auf die steinalte Großmutter hinunter, ihren überladenen Karren, die zerschlissenen alten Schuhe. »Was ist geschehen, Großmutter? Bist du gekommen, um bei uns zu wohnen?«
Sie sah mit starrem Blick in den Himmel. »Es regnet schon zu lange. Wir wurden fortgeschwemmt. Unser Dorf ... das Dorf ist fortgeschwemmt.« Sie schaute blinzelnd die Straße zurück, dann zur Sonne, zuletzt in Aesas Augen. »Ja, ich bin gekommen, um bei euch zu wohnen. Was hältst du davon?«
Er lächelte. »Ich finde es gut, Großmutter.«
»Ich auch«, sagte Ada, denn sie hatte die alte Frau sehr gern.
Auf Lillys Gesicht erschien ein Lächeln, das ein Fremder für eine Grimasse gehalten hätte. Sie blickte zu Sarah, die hinten auf dem Wagen saß, und fragte: »Wer bist du, Kind?«
»Ich heiße Sarah, und das ist Horatio.« Das Pferd zuckte mit den Ohren, als es seinen Namen hörte, und wandte den Kopf.
»Du darfst mich Lilly nennen, Sarah. Ich bin deine Urgroßmutter. Es ist mein Glück, daß ich euch treffe – euch und euer großes, starkes Pferd.« Sie schwieg und versuchte sich zu erinnern, warum ihr das Pferd so wichtig war. Dann sah sie zu ihrem Enkel auf. »Darf ich auf deinem Wagen mitfahren, Aesa? Ich bin müde. Es ist so heiß und trocken.«

Aesa half ihr auf den Wagen, und Ada gab ihr den Wasserschlauch und etwas Brot und Käse. Sie luden ihre Habe und den Karren auf den Wagen, während sie aß. Sarah schaute unverwandt auf die eigenartigen Hände der alten Frau: krumme, knorrige Hände voller Knoten und mit Flecken auf den Knoten.

Die hungrige Großmutter machte sich über Brot und Käse her wie dunkles, gieriges Mäusegetier. Als sie merkte, daß sie beobachtet wurde, zügelte sie ihre Gier, hielt inne und sah langsam, fast schüchtern auf. Sarah lächelte sie an. Lilly grinste zurück. »Weißt du, ich habe dich früher schon einmal gesehen, da warst du so klein«, sagte sie, die Hände gerade so weit auseinander, wie ein Neugeborenes groß ist, »und ganz rosa.« Dabei ließ sie ihr Brot fallen, und Sarah hob es auf. Die alte Frau nahm das Brot und drückte es kichernd an sich. Sarah fand Lilly sehr ungewöhnlich, aber auf eine Weise, die ihr gefiel.

Sie drehte sich so, daß Lilly nicht sah, was sie tat, und brach ein Stückchen von dem nicht mehr vollkommenen Eis ab. Dann drehte sie sich wieder zu ihrer Urgroßmutter um und lächelte listig. »Mach die Augen zu«, befahl sie.

»Warum soll ich die Augen zumachen?«

»Eine Überraschung.«

»Überraschung?«

»Eine, die heiß und kalt zugleich ist.«

Lilly schickte sich in die Folter des Überraschungsspiels und schloß die Augen. Sarah legte ihr das Eis in die wartende Hand. Lilly fühlte das Eis. Sie rieb es zwischen den Händen und führte es, ohne die Augen zu öffnen, an ihre Wange. »Eis«, sagte sie ungläubig,

»Eis«, als könnte sie sich nur noch ganz entfernt erinnern. Sie steckte das Eis in den Mund, und ohne die Augen geöffnet zu haben, lehnte sie sich zurück und sank in einen tiefen Schlaf.

Sie mußte viele Meilen weit gegangen sein, viele Tage lang. Die Hitze konnte sie sowenig wecken wie der holpernde Wagen. Sarah saß neben ihr und betrachtete sie im Schlaf. Lilly trug um den Hals ein Kettchen, das war aus lauter dunkelroten Steinen. Sarah befühlte einen nach dem anderen, und Lilly schlief.

Sie kamen an eine Wegegabel und hielten an. Aesa blickte die Straße nach Westen hinunter. »Wir sollten einmal Silas besuchen, auch wenn er ein bißchen ungefällig und verrückt ist.«

»Horatio mag er gern«, sagte Ada. »Soll das Pferd ihn besuchen.«

Sarah verdrehte die Augen. Lilly schlief, und die Sonne sank tiefer am Himmel herunter.

Die Straße zu Silas' Hof führte sie durch eine Landschaft aus roten Schluchten und blaßgrünen Sandsteinfelsen, die von alten Flußläufen tief zerschnitten waren. Dicke blaue Eidechsen und glänzende schwarze Steine verbargen sich unter trockenem Heidegestrüpp.

Lang und dünn glitten die Schatten Sarahs und ihrer Eltern auf hohen Eisenrädern, gezogen von dem riesengroßen Horatio, über die Prärie, über Gesteinsbrocken und Heidegestrüpp und blaßgrüne Felsenwände.

Lilly rührte sich nicht. Sie hatte sich ganz klein zusammengeringelt und träumte. Sie träumte von einem verborgenen Süßwasserteich in einer Schlucht. Sein

Dasein verriet nur das wuchernde smaragdgrüne Gras an seinen Ufern. Im klaren, kühlen Wasser planschten Aesa, Ada und Sarah. Ihre Wellen wogten ans Ufer und spülten durch das smaragdgrüne Gras. Am Uferrand wiegte eine lange, dicke Schlange, grün mit schwarzen Tüpfeln, ihren makellosen Kopf vor- und rückwärts, ihre flinke rote Zunge witterte den Menschengeruch in der kühlen Luft. Sie ließ sich in den Teich gleiten und zog lautlos durchs Wasser, dem Planschen nach. Sie wußten nichts von der Schlange, wußten auch nicht, daß sie von diesem Geschöpf nichts zu fürchten hatten, denn es war eine gutartige, in sich ruhende Schlange, der sie nichts bedeuteten – eine friedfertige Schlange im Traum einer alten Frau.

Sie fuhren weiter, überwanden einen Buckel auf dem Tafelland und sahen in der Ferne eine kleine schwarze Hütte mit Schuppen; sie flimmerte und waberte in der heißen Luft, die von der trockenen Erde aufstieg oder ihr gar entwich, obwohl die Sonne schon tief am Himmel stand. Dahinter stieg fern am südlichen Horizont eine Rauchfahne auf. Ihr Schwarz löste sich in Grau auf und verschwand.

Sie hielten vor der Hütte. Alle waren still, sogar Horatio, und horchten in der Hitze nach einem Lebenszeichen. Da hörten sie Wasser tropfen. Sie lauschten mit angehaltenem Atem, außer Lilly, die schlief. Horatios Ohren zuckten, suchten das tropfende Wasser, dann wandte er den Kopf und schaute nach hinten zum Wagen.

»Das Eis«, flüsterte Sarah. »Es schmilzt.« Sie beugte sich über die Seitenwand und sah die Eiswassertropfen auf die harte rote Erde platschen.
Aesa stieg ab, ging zur Hütte und klopfte; er wartete, dann rief er laut. Über der Tür hing ein Tierkopf, die spiraligen Hörner unversehrt, die Haut in Fetzen, eine Warnung an ungebetene Gäste und Diebe. Aesa ging hinter die Hütte.
Kleine Hühner in vielen Farben pickten auf der nackten Erde. Aus dem Schuppen beäugte ihn eine Ziege mit krummen Hörnern.
Neben dem Brunnen türmte sich ein hoher Hügel aus Erde und Steinen. Offensichtlich hatte Silas seinen Brunnen tiefer graben wollen.
Aesa sah zum Acker hinüber, dann ging er zum Schuppen und schaute hinein. Er ging zum Korral und tätschelte Silas' alten Schimmel. »Wo ist Silas?« fragte er das Pferd, das seine Nüstern an Aesas Brust drückte, nicht aus Zuneigung, sondern aus Durst.
Sarah entdeckte im eingetrockneten Morast neben dem Brunnen eine seltsam gewundene Form. Sie stieß mit dem Fuß dagegen und legte einen zerrissenen Sack und ein Seil frei. Sie zog an dem Sack, der unter ihren Händen auseinanderfiel, so verrottet war er.
Ada setzte sich auf den Brunnen und wartete. Sie drehte sich um, beschattete ihre Augen und spähte hinunter in das dunkle Loch. Nach und nach schälte sich aus der Finsternis eine Form heraus, weiß und mehr oder weniger rund. Dann sah sie, daß es Silas' Kopf war. Die Brunnenwand war eingestürzt und hatte ihn erschlagen. Ihr Ruf nach Aesa echote aus dem Brunnen zurück.

Sarah wollte zu ihrer Mutter laufen, doch Adas Blick hieß sie stehenbleiben. »Das mußt du nicht sehen, Sarah.«

»Ich möchte aber. Was ist es denn?«

Aesa kam mit Riesenschritten über den Hof. Er beugte sich über die niedrige Brunnenmauer und spähte hinunter ins Dunkel. Dann sah er zu seiner Tochter auf. »Silas ist es. Er ist tot, Sarah. Er wollte seinen Brunnen vertiefen, und der Brunnen ist über ihm zusammengestürzt.«

Sie war eine Weile still. Ihre Augen waren groß, ihr Herz pochte. Sie mußte es sehen. »Ich habe noch nie einen toten Menschen gesehen.«

Aesa und Ada sahen sie an, dann tauschten sie einen Blick.

»Irgendwann muß ich doch«, sagte sie.

Ada blickte hinunter auf die verschwommenen Umrisse des toten Silas, dann erneut zu ihrer Tochter. »Wenn du wirklich meinst, Sarah.«

Angstvoll und neugierig spähte Sarah in den Brunnen. Ihre Augen waren weit aufgerissen. Ihr Atem stockte. Nach einer Weile konnte sie das Weiße erkennen, das Silas' Kopf war. Sie dachte an das grobe, widerborstige weiße Haar, das aus seinem Kopf zu sprießen schien. Es war genau wie er, dachte sie. Er war gleich einem Stachelschwein, einem weißen Stachelschwein. Und nun war er tot, und dort schimmerte ihr sein Haar aus dem Dunkel des Brunnens entgegen.

Die Stimme ihres Vaters riß sie aus ihrem Grübeln: »Sarah, ich möchte, daß du Silas' Pferd freiläßt. Behalten können wir es nicht. Und dann fang die Hühner ein und binde die Ziege an unsern Wagen.«

Aesa packte das Windenseil und ließ sich in den Brunnen hinab. Mit dem Eimer schaufelte er um Silas' Kopf herum Erde und Steine auf, und Ada zog den Eimer hoch, leerte ihn und ließ ihn wieder zu Aesa hinunter.

Sarah kämpfte mit dem hohen Korralgatter, bis es ihr endlich gelang, das Pferd freizulassen. Es hob den Kopf und trottete auf den Acker hinaus, wo es stehenblieb und zum Hof zurückschaute. Das alte Pferd und das Kind standen vollkommen reglos, als versuchte jedes die Pläne und Absichten des anderen zu erraten.

Dann wendete das Pferd und blickte über das Tafelland nach Süden. Bewegungslos stand es auf dem Acker, wußte nicht, was es mit seiner Freiheit anfangen sollte. Es sah das letzte Stückchen Sonne unter den Horizont sinken, dann wandte es sich nach Osten und begab sich zielstrebig auf die Suche nach Wasser.

Sarah streichelte die Ziege und lockte sie mit einer Handvoll Korn zum Wagen. »Komm mit, du darfst meine Ziege sein«, säuselte sie dabei. »Und heißen sollst du Ziege Silas.«

Ada zog den Eimer hoch, leerte ihn und ließ ihn wieder hinunter.

Sarah trieb die flatternden, widerspenstigen Hühner zusammen. Bunte Federn leuchteten im Staub. Gelbe, blaue, rote. Fünf Hühner rannten gackernd in fünf Richtungen.

Es war nicht leicht, den toten Silas auszugraben. Aesa hatte kaum Platz, sich zu bewegen. Immer wieder gab die Brunnenwand nach, und die Sonne stand tief, so daß nur noch ein fahler Lichtschimmer ins Dunkel des Brunnens drang.

Sarah scheuchte die Hühner einzeln in eine Ecke des Schuppens, warf sich über sie und hielt sie im Stroh fest, bis sie sich friedlich in einen Jutesack stopfen ließen. Still und ergeben warteten sie dort, wie es nun weiterginge.

Aus dem Brunnen kam ein Poltern, und eine Staubwolke puffte heraus. Ada schrie auf, und Sarah rannte zum Brunnen.
Ada rief in den aufwirbelnden Staub hinein nach ihrem Mann. Dann verstummte sie. »Aesa«, flüsterte sie leise. Aber es kam keine Antwort.
Sarah sah mit zusammengekniffenen Augen in den Staub und begriff, daß ihrem Vater das gleiche widerfahren war wie Silas. Die Brunnenwand war über ihm zusammengestürzt. Sie wollte etwas sagen, aber es kam nichts heraus. Schließlich gelang ihr ein langsames, banges Flüstern: »Bitte, Vater.«
Aber nichts als Staub und Stille.
Plötzlich erzitterte das Seil. Eine Hand griff durch den Staub nach oben und packte es, dann eine zweite Hand, und als nächstes tauchte Aesas Kopf auf. Er kam frei, sah lächelnd auf und zwinkerte Frau und Tochter zu. »Ja«, war das einzige Wort, das er herausbrachte.
Er stieg aus dem Brunnen, atmete einmal tief durch und warf noch einen Blick zurück. »Ich glaube, jetzt haben wir unsern guten Freund Silas begraben.«
Sarah setzte sich im Dämmerlicht auf den Erdhaufen neben dem Brunnen, die Arme um die Knie geschlungen, und wippte vor- und rückwärts. Sie sagte nichts.

Ada holte den gehörnten Kopf von der Haustür und befestigte ihn an der Winde. Kurz blieben sie noch stehen und blickten hinunter auf Silas' letzte Ruhestätte, bis Aesa seine Tochter auf den Arm nahm und Ada an sich zog. Im schwindenden Abendlicht sah man nur ihre Augen und die Umrisse ihrer Gesichter. Sie hielten einander fest umschlungen und sahen sich in die Augen.
Aus dem Dunkel erschien ein viertes Gesicht. Es war Lilly, die endlich aufgewacht war und sie suchen kam. Sie wußte ihnen etwas zu erzählen: »Ich habe geträumt, ihr hättet einen klaren Teich gefunden, mit sattem grünem Gras an den Ufern. Ihr seid alle hineingesprungen und habt ein Bad genommen. Da kam auf einmal die vollkommenste aller Schlangen angeschwommen. Ihr saht sie nicht und habt euch keinen Augenblick gefürchtet. Sie ist an euch vorbeigeschwommen und hat sich überhaupt nicht um euch gekümmert. Ist das nicht ein wunderbarer Traum?«
»Ein klarer Teich?« fragte Aesa.
»Klar und kühl.«
»Ja, Großmutter. Ein wunderbarer Traum.«

Sie entdeckten Ziege Silas unter dem Wagen, die Nase an die Bodenbretter gepreßt, von denen sie die Eiswassertropfen leckte.
Am Himmel segelte der Mond dahin und zählte die Wolken. Sarah und Lilly saßen aneinandergeschmiegt auf dem Wagen und unterhielten sich flüsternd. Im Sack schliefen die Hühner, und die Ziege am Strick folgte ihnen mit kalter Nase nach Hause.

»Was ist geschehen, als Silas starb?« fragte das Kind. »Ist er für immer schlafen gegangen?«

»Seine Seele hat ihn verlassen«, antwortete ihre Urgroßmutter.

»Wohin geht eine Seele, wenn sie einen verläßt?«

»Tanzen geht sie.«

»Tanzen? Wirklich?«

»Ja, tanzen«, sagte Lilly.

»Für immer?« fragte Sarah, aber da war Lilly schon wieder eingeschlafen, und der Mond glitt durch die Nachtwolken, die keinen Regen hatten. Sarah lutschte ein Stückchen von dem Eis, das bis morgen früh geschmolzen sein würde, und dachte an die tanzende Seele des dahingegangenen Silas.

5

Seltsames Erlebnis

Lilly stand gebeugt vor dem Morgenhimmel. Ihre krummen, knorrigen Hände drückten einen knorrigen Stecken in die tiefschwarze Erde und machten eine Reihe Löcher für die kleine Säerin, die im Entengang hinter ihr herwatschelte und mit Daumen und Zeigefinger Bohnen hineindrückte, eine in jedes.

»Weißt du was?« fragte Sarah. »Ich habe auf dem Acker einen großen Stein gefunden.«

»Einen großen Stein auf dem Acker?«

»Es steht etwas darauf geschrieben – aber mein Vater kann es nicht lesen.«

»Hmmm.«

»Du könntest es lesen. Die Schrift ist sehr alt. Sie wurde von langvergangenen Leuten geschrieben. Komm mit, ich zeige sie dir.«

Sarah lief schon halb voraus zum Brunnen, blieb stehen, kam zurück, nahm Lilly bei der knorrigen Hand und ging neben ihr her. Am Brunnen angekommen,

bückte sich Lilly und sah den Stein an. Dann richtete sie sich halb wieder auf und sagte: »Solche Schrift habe ich schon gesehen. So schrieben die Gelben Seefahrer.«
»Gelb?«
»Ja.«
»Richtig gelb?«
»Gelb wie Butterblumen. Sie sind vor langvergangener Zeit übers Meer gekommen. Schöne Gärten haben sie angelegt und Blumen gepflanzt, im Tal und auf den Berghängen.«
»Wo sind sie jetzt?«
»Fort«, sagte Lilly. Sie verstummte, hing einer fernen Erinnerung nach.
»Fort wohin?«
»Weit fort ... ins Gebirge, wohin niemand geht.«
»Warum?«
Lilly sah lange hinüber zu den Gipfeln der fernen Berge. Ihre Stimme bekam einen anderen Klang. Sie sprach immer noch zu einem Kind, doch es war ein Kind aus ihrer fernen Vergangenheit, vielleicht sie selbst. »Es sind wunderschöne Blumen. Im Sommer siehst du sie auf den höchsten Gipfeln ... viele kleine weiße Blumen.«
Sarah blickte verwundert zu ihr auf, dann über das Tafelland zu den fernen Bergen mit ihren weißen Gipfeln.
Lilly bewegte sich nicht. Sie schaute nur ins Weite und summte eine Melodie vor sich hin. Sarah wartete, versuchte aus Lilly schlau zu werden. Endlich fragte sie: »Warum haben sie auf einen Stein geschrieben?«
Lilly hörte zu summen auf und betrachtete die Wör-

tertafel. Sie wurde wieder wie sonst. »Das wird ein Grabstein sein. Auf dem Acker muß ein Gelber Seefahrer begraben liegen.«

»Dann sollten wir ihn lieber zurückbringen, nicht?«

»Vielleicht. Wenn dein Vater Zeit hat.« Und wie um ihren Glauben an die Zukunft zu bekräftigen, sagte sie dann: »Laß uns Wasser auf unsere Bohnen gießen.«

Aesa betätigte in seiner Schmiede die großen Blasebälge, um ein Eisen zu erhitzen. Das schwarze Eisen wurde dunkelrot in der heißen Glut. Das Rot begann zu glühen, wurde rötlichgelb, dann hellgelb, fast weiß. Er nahm es mit einer Zange aus dem Feuer und legte es glühend auf den Amboß. Sein Hammer brachte den Amboß zum Singen, und die langen Klänge hallten über den Hof zu Sarah, die gerade Wasser aus dem Brunnen zog. Das Singen füllte den Himmel und kam von den Hügeln als Echo zurück.

Sarah drehte und drehte die Winde, bis der Eimer hoch genug war, daß sie mit dem Haken herankam. Sie zog den Eimer auf den Brunnenrand, kippte ihn und füllte die Gießkanne. Dann ließ sie die Winde los, schickte den Eimer auf den Grund zurück.

Als das Seil erschlaffte, fiel ihr ein, das Zeichen daran zu prüfen und nachzusehen, ob es mit dem an der Winde noch übereinstimmte. Sie drehte die Winde zurück, bis der Eimer aus dem Wasser kam. Dann stieg sie auf den Brunnenrand, um den gespiegelten Himmel unten zu sehen. Langsam ließ sie den Eimer wieder hinunter, bis er den hellen blauen Fleck berührte.

Sie sah nach, ob die Zeichen am Seil und an der Winde nebeneinander waren, und wandte sich zum Gehen. Aber sie konnte sich nicht rühren. Ihre Schultern waren schon abgewandt, ihr Blick aber hing am Seil. Die beiden Zeichen berührten sich nicht.

Sarahs Herz pochte, und alle ihre Gedanken verschwanden, bis auf einen. Sie betrachtete die Zeichen an Seil und Winde. Sie drehte die Winde zurück, bis die Zeichen sich berührten, dann beugte sie sich über den Brunnenrand und sah hinunter. Der Eimer, ein dunkles Pendel, schwang frei über dem Flecken Himmel. Ein Gedanke nur – der Brunnen wird versiegen.

Das Singen des Ambosses verstummte. Aesa rief nach einem Eimer Wasser, um das heiße Eisen abzuschrekken, aber vor lauter Ohrenklingen und Herzklopfen hörte sie ihn nicht. Sie ließ den Eimer hinunterfallen und das blaue Licht verwischen. Aesa rief erneut nach Wasser. Diesmal hörte sie ihn.

Trockene kleine Windböen begannen über den Hof zu fegen. Sie trieben Sarah vor sich her zum Schuppen und dem großen schwitzenden Mann mit seinem singenden Hammer. Sie stellte sich neben ihn, die Hände über den Ohren gegen das Amboßgedröhn, und sah ihm zu, wie er die glühende Klinge bearbeitete. Er ließ den Hammer sinken, hielt die Klinge prüfend gegens Licht und tauchte sie in das kalte Wasser. Sie zischte und spuckte wie eine wütende Schlange.

»Warum können wir kein Wasser aus dem Bach hinter den Felsen holen?« fragte Sarah in das Zischen des Eisens hinein.

»Weil es uns nicht gehört. Es ist Haggens Wasser. Wir würden uns an fremdem Eigentum vergreifen.«

»Es ist soviel Wasser im Bach«, widersprach sie. »Die brauchen das nicht alles. Wenn wir nun Wasser zum Trinken brauchen?«
Er schwang wieder den Hammer. Zwischen ärgerlichen Schlägen sagte er: »Das Wasser ... gehört ihnen ... Solche Leute ... teilen nicht ... Solche Leute ... töten.«
»Wenn aber der Brunnen ...«
Er übertönte das Hämmern. »Unser Brunnen ist tief. Tiefer als Silas' Brunnen ... Er ... versiegt ... nicht!«
»Aber ...«
Er schrie sie an: »Ich will ... kein Wort mehr ... davon hören! ... Verstanden?«
Sein Schreien scholl mit den Hammerschlägen über den Hof und den aufkommenden Wind bis zu Ada und Lilly im Garten. Sie sahen Sarah aus dem Schuppen laufen.
Am Brunnen blieb sie stehen und vergrub ihr Gesicht in den Armen. Ihr Körper bebte. Nach einer Weile wischte sie sich die Tränen aus den Augen und sah zum Schuppen. Ihr Blick wanderte von ihrem Vater zu ihrer Mutter, zu Lilly im Garten und zu Horatio im Korral.
Ada kam über den Hof und kniete sich neben sie. »Was ist denn, Sarah? Was ist los?«
»Nichts«, sagte sie.
Der trockene, böige Wind wehte Staub in ihre Augen. Ada nahm ihre Tochter in den Arm, versuchte sie vergebens vor dem beißenden Sand zu schützen. Sie liefen schnell zum Haus, gefolgt von Aesa und Lilly.
Sarah schaute zum Fenster hinaus. Was zunächst nur ein Gedanke gewesen war, breitete sich jetzt als Angst

in ihr aus. »Alles, was war, ist nun vorbei«, sagte sie bei sich. »Jetzt wird etwas Neues geschehen.« Sie sah durch schwindendes Licht und wirbelnden Sand zu dem windgezausten Wacholdergesträuch, hinter dem sich die Mesa vor dem Haus verbarg.

Ihr Vater rief sie, und sie drehte sich um. »Ich hätte dich nicht anschreien dürfen, Sarah. Entschuldige. Ist es nun wieder gut?«

»Ja, ist schon gut«, sagte sie, um ihn zu trösten, denn sie wußte, daß dies alles in irgendeiner Weise für ihn schlimmer war als für sie.

»Aber denk nicht mehr an den Bach. Wegen Wasser haben schon Leute ihr Leben gelassen. Das verstehst du, ja?«

»Ja«, sagte sie und wandte sich wieder zum Fenster, um den Wind in dem Wacholdergesträuch zu beobachten, das zu dem verbotenen Bach hinunterblickte.

Aesa lächelte. Er glaubte seine eigensinnige Tochter überzeugt zu haben und ging wieder hinaus in den nachlassenden Wind, um seine Messer und Schlösser zu schmieden – und seine Sorgen fortzuhämmern.

Sarah ging hinunter durch das Heidegestrüpp, das hinter dem Haus begann, und verschwand zwischen dem Wacholder. Auf der Mesa über den Felsen kam sie wieder heraus und sah nach unten, wo der Bach sich durch das enge Tal wand. Weit bachaufwärts, noch hinter Haggens Land, sah sie seine Windungen silbern blitzen. Sie wünschte sich mehr als alles andere, der Bach möge seinen Lauf verändern und sich zwischen den Felsen heraufwinden auf das Tafelland und zum Hof ihrer Eltern. Im Geiste sah sie dünne Wasserfinger sich in kleine Rinnsale verteilen, die durch

die trockenen Furchen flossen und in die dunkle Erde sickerten.
Sie fand es niederträchtig und sehr ungerecht, daß sie nicht hinunterdurfte zu diesem Bach, nicht einmal um Trinkwasser zu holen. Wie konnte das Wasser Haggen gehören? Ihr fiel der unterirdische Fluß ein, der durch ihren Brunnen floß, und sie sagte sich, daß auch er letzten Endes den Weg hinunter in diesen Bach fand. Ihre Familie hatte gewiß das gleiche Anrecht auf das Wasser wie Haggen.
Für die Dauer eines kurzen Augenblicks schienen die hellen Spiegelungen auf dem Bach ihre Gestalt zu verändern, als hätte die Macht ihres Wunsches den Lauf des Wassers verändert. Dann blies der Wind über die Mesa. Staub und Ackerkrume stachen ihr in die Augen. Das Klingen von ihres Vaters Amboß kam mit dem Wind herüber und wurde zu einem Lied, das davonwehte und verstummte.

In der Ferne erschien ein Reiter über dem Tafelland. Aesa hämmerte und drehte das heiße Eisen und blickte von Zeit zu Zeit auf, um zu sehen, wie weit der Reiter inzwischen gekommen war. Wie der Mann ritt, wie er mit seinem Pferd umging, im Sattel saß – so etwas war wie eine Unterschrift.
Aesa beobachtete den Fremden, der am Garten vorbei und auf den Hof geritten kam. Der Mann machte auf ihn den Eindruck von Kraft und Umsicht. Und plötzlich war es ihm so klar wie der Himmel, daß der Mann gekommen war, um ihm Arbeit anzubieten.

Unterhalb des Hauses trat Sarah aus dem Wacholdergesträuch und sah ihren Vater mit dem Fremden reden. Der Fremde stieg vom Pferd und folgte Aesa ins Haus. Sarah stieg den Hang hinauf, blieb vor dem Haus stehen und spähte durch das dicke Glas hinein. Ihre Eltern und der Fremde saßen am Tisch. Lilly stand vor dem Herd und rührte in einem großen Suppentopf.
»... da hat die Braune den armen Mann getreten«, erzählte der Fremde und tippte sich an die Schläfe. »Genau hier, gegen seinen Dickschädel. Jetzt schläft er wie tot, und uns fehlt nun außer einer Köchin auch noch ein Schmied.«
Lilly sagte, ohne ihr Rühren zu unterbrechen oder sich umzudrehen: »Sarah und ich kommen schon zurecht. Geht nur, wenn ihr müßt.«
Aesa betrachtete den gebeugten Rücken seiner Großmutter und dachte über seine üble Lage nach. Die Aussicht auf Arbeit, die Geld einbrachte, leuchtete darin wie ein helles Licht. Er sah seine Frau an. »Wir könnten ja immer nur für ein paar Tage von hier fort.«
»Ja, so sollten wir es machen«, pflichtete Ada ihm bei. Sie sah ihre Tochter durchs Fenster hereinsehen und überlegen, was wohl der Fremde hier wollte.
Sie sprachen noch über Geld, übers Wetter, und nach einem starken schwarzen Tee kamen alle auf den Hof und winkten dem Mann zum Abschied nach. Sarah hielt sich abseits und beobachtete das Ganze um die Hausecke. Nachdem der Mann fort war, ging sie zu ihrem Vater. »Geht ihr fort, du und Mutter?« fragte sie ihn.
»Ja, nur ein paar Meilen weit nach Süden, um auf einem Gut zu arbeiten.«

»Warum?«
»Damit wir zu essen haben.«
»Und ich bleibe mit Urgroßmutter Lilly hier?«
»Ihr werdet allein die Hausarbeit machen und die Ziegen melken müssen. Könnt ihr das?«
»Natürlich«, sagte sie. »Können wir den Wörterstein wieder auf den Acker bringen und dahin legen, wo er war?«
»Wozu das?« fragte ihr Vater verwundert.
»Urgroßmutter Lilly sagt, es ist der Grabstein eines Gelben Seefahrers, der vor langvergangener Zeit dort begraben wurde.«
Er sah Lilly an. »Ein Gelber Seefahrer, Großmutter?«
»Ja, mein Enkel«, sagte sie, »ein Gelber Seefahrer.« Und sie lächelte.
Am späten Nachmittag gingen Sarah, Lilly und Ada mit Aesa zum Acker hinauf, um den Wörterstein wieder an seinen Platz zu legen und auf dem frischgepflügten Acker die Saat auszubringen. Sie stellten die Tafel am Ackerrand aufrecht in die Erde und stützten sie mit Steinen gegen den Wind. Dann füllten Lilly, Ada und Sarah aus dem Sack, den Aesa auf der Schulter trug, die Falten ihrer hochgehobenen Röcke mit Saatkorn.
Sie verteilten sich über den Acker, dunkle Schattenrisse vor dem rotgestreiften Abendhimmel, und warfen in weiten Bögen die Saat aus: Schritt und Wurf, Schritt und Wurf, Schritt und Hoffnung.
Und nachdem sie die letzten Körner ausgeworfen hatten, legte der gelbe Sonnenball sich auf die blauen Berge.

In der Morgendämmerung sah Sarah ihre Eltern langsam in der Stube umhergehen. Jetzt kamen die dunklen Gestalten auf sie zu, verstellten ihr das Licht. Sie küßten sie und flüsterten: »Gib auf deine Urgroßmutter acht, füttere die Hühner, sammle die Eier ein, melke die Ziegen, wir haben dich lieb.«
Sie nickte und sah ihnen aus halbgeöffneten Augen nach. Dann schloß sie die Augen wieder und ließ sich dahintreiben zwischen Traum und Gefühl. Sie dachte an Silas' Brunnen, den Schrei ihrer Mutter, ihren von oben bis unten lehmverschmierten Vater. Sie hielten Sarah zwischen sich und sahen einander in die Augen.
Sarah erwachte und ging nach draußen, ins Licht.
Im Schuppen füllte sie zwei Handvoll Korn in ihr hochgehaltenes gelbes Nachthemd. Sie stellte sich mitten auf den Hof und rief die Hühner von ihren nächtlichen Ruheplätzen. Sie kamen alle – gelb, blau, rot und gluckend –, eines sogar von hoch oben auf dem Hügel. Sarah drehte sich im Kreis und verstreute die Körner.
Lilly kam aus dem Haus und winkte ihr zu. Dann ging die alte Frau den Hügel hinauf und verschwand über den Horizont.
Sarah blickte ihr verwundert nach. Sollte sie hinterhergehen? Aber Lilly würde schon wiederkommen, natürlich. Sie erledigte ihre Arbeit: wässerte den Garten, sammelte die Eier ein, die überall zwischen Heidegestrüpp und Steinen, sogar zwischen dem Werkzeug versteckt waren. Sie melkte die Ziegen. »Wo ist Urgroßmutter hingegangen?« fragte sie die Ziegen. Und sie spielten »Ziegen schubsen Sarah, bis Sarah Ziegen Korn gibt«.

Die Eiersuche führte Sarah auf den Hügel hinauf, wo eines der Hühner genächtigt hatte. Als sie sich nach einem Ei bückte, das neben einem großen flachen Felsbrocken lag, zog etwas ihren Blick an: ein kleiner roter Stein, der neben dem Felsbrocken in der Erde steckte. Als sie ihn freischarrte, entdeckte sie noch weitere – lauter kleine rote Steine, fast rund. Es war ein wunderbarer Fund. Sie nahm die Steine in die eine Hand, das Ei in die andere, und ging damit hinunter zum Haus.

Sie legte das Ei zu den anderen in die Schüssel, die Steine tat sie in einen gläsernen Krug. Sie hielt den Krug gegens Licht und versuchte in die Steine hineinzusehen. Wie kommt es, daß sie alle zusammen an einer Stelle lagen? fragte sie sich verwundert.

Sarah ging auf den Hof und sah zum Acker hinauf. Der Horizont war leer und milchigblau. Keine gebeugte schwarze Gestalt einer alten Großmutter.

Sie stieg auf den Brunnenrand, hielt sich mit einer Hand an den Windenstreben fest und beugte sich nach vorn, um das Zeichen am Seil zu prüfen. Sie bewegte die Winde vor- und rückwärts, den Eimer auf- und abwärts, um den Flecken Himmel am Brunnengrund zu trüben. Das Zeichen am Seil war wieder etwas tiefer. Sie holte ein neues Stück Holzkohle, brachte ein neues Zeichen an und versteckte die Kohle zwischen den Streben. Dann stieg sie wieder hinunter, setzte sich neben dem Brunnen auf den Boden und wartete.

Sie sah unentwegt zum Horizont. Die Sonne funkelte auf sie herunter und wollte sich nicht weiterbewegen. Die Zeit schwebte reglos in der stillen Luft. Jetzt glaubte sie etwas Kleines und Schwarzes zu sehen, das den Hügelkamm entlanghüpfte wie ein Vogel. Sie stand auf, und da sah sie Lillys kleine schwarze Gestalt vorsichtig durch das Heidegestrüpp am Ackerrand stapfen. Mit kleinen Schrittchen, immer einen Fuß vor den anderen, kam sie den Hügel herunter. Sarah lief ihr entgegen.

Im Näherkommen sah das Kind, daß die alte Frau etwas in der Hand hielt: einen Strauß kleiner weißer Blumen.

Heimgekehrt und hungrig, verzehrte Lilly ihr Frühstück aus Grütze und schwarzen Wurzeln. Mitten auf dem Tisch stand ein gläserner Krug mit Lillys kleinen weißen Blumen und Sarahs roten runden Steinen.

Sarah sah Lilly beim Essen zu, und Lilly wußte sich beobachtet. Sie hatte dreißig Jahre lang allein gegessen und mußte sich umgewöhnen.

Hitze, Fliegen, Staub und Langeweile. Sarah wartete, daß ihre Großmutter sich zu einem Mittagsschläfchen hinlegte. Endlich suchte Lilly ihr Bett unter der Treppe zum Dachboden auf und rollte sich darin ein. Um sich in Schlaf zu reden, erzählte sie Sarah eine kleine Geschichte: »Als ich ein junges Mädchen war, saß ich eines Tages auf einer Wiese und sah den Wolken zu, und da war ich plötzlich an einem fernen, fremden Ort. Ich sah wunderliche Dinge. Ich verstand das Geheimnis des Weltalls und dachte, das muß ich mir merken. Und als ich auf die Wiese zurückkam, erinnerte ich mich nur noch daran – das muß ich mir merken.«

Sie lächelte Sarah an und schloß die Augen. Bald atmete sie tief, und ein langgezogenes Rasseln kam aus ihrer Brust. Sarah beugte sich über sie und horchte, und als sie sicher war, daß Lilly schlief, nahm sie zwei Wasserschläuche von einem Haken an der Wand, band sie mit der gelben Schärpe aus ihrer Schatzkiste zusammen und schlug den Weg zur Mesa ein.

Die Wasserschläuche über die Schultern gehängt, folgte sie dem Wildwechsel zwischen den Felsen, die wie plumpe Tropfsteine aus der Bergflanke wuchsen. Der gewundene Pfad führte sie bis auf den Talboden hinunter. Ohne den Wind war es zuerst ganz still. Plötzlich ertönte hinter ihr ein lauter, zeternder Schrei und erschreckte sie, doch sie erkannte im selben Moment, daß es nur eine Elster war, und mußte lachen. Ihr Lachen echote zwischen den Talwänden hin und her.

Unten angekommen, mußte sie sich durch ein Dickicht aus Disteln, roten Merlenbeeren mit schwarzen Dornen und gelbem Hornklee kämpfen. Aus der Ferne hörte sie Hundegebell und blieb stehen, um zu lauschen. Das Bellen wurde leiser, und nun hörte sie das eigenartige Singen des Bachs.

Auf dem Weg durch das Distelgestrüpp zum Bachufer kam sie plötzlich an einen absonderlichen Ort. Merlenbeeren hatten ihre Dornenranken um ein Büschel Hornklee geschlungen, das einen verwitterten Pfahl umwucherte. Aufrecht gehalten wurde der Pfahl von aufgeschichteten großen Steinen, die mit Blutflechte und Stechmoos bewachsen waren. An den Pfahl war ein Schild genagelt, in dessen verwittertem Holz sich die Worte NICHT WEITER versteckten. Und oben auf dem Pfahl steckte etwas Knochenweißes, das zum Teil mit grünweißen Flechten bedeckt war. Sarah stieg auf die Steine, um sich das genauer anzusehen. Es war ein Schädel, aber zu klein für einen Menschenschädel, der Größe nach eher von einer großen Katze, aber es war kein Tier, das Sarah kannte. Sie nahm an, daß es aus langvergangener Zeit stammte, und wer es dort aufgestellt hatte, war entweder fortgezogen oder tot. Vorsichtig stieg sie wieder hinunter, da sie mit so etwas Giftigem und Bösem nicht in Berührung kommen mochte, und setzte ihren Weg fort.

Sie kam an den singenden Bach, legte sich aufs Ufer und sah über die Kante ins Wasser – ein Fisch schwamm dort. Sie tauchte ihre Wasserschläuche in den Bach, um sie zu füllen, und machte sich wieder auf den Weg zu den Felsen. Soweit schien alles ganz leicht zu gehen, wenn ihr nur die Hunde nicht nachkamen.

Sie begann mit dem Aufstieg, und schon sehr bald wurden ihr die Wasserschläuche schwer. Nicht lange, und der Pfad wurde steil und der Untergrund locker. Das Steigen wurde Schwerarbeit. Die Haare klebten ihr an der feuchten Stirn, und die Wasserschläuche schlenkerten hin und her und brachten sie aus dem Gleichgewicht. Sie rutschte aus, die Disteln stachen, und Dornen hielten sie fest. Sie kam an eine schräge Felsplatte und tänzelte vorsichtig hinüber, die Arme ausgebreitet, um das Schlenkern der Wasserschläuche auszugleichen. Als sie fast oben war, rutschte sie auf einem losen Steinchen aus, fiel hin und schlitterte den Hang hinunter.

Sie bekam eine Distel zu fassen und bremste ihren Sturz. Für kurze Zeit war alles still. Sie erstickte ihren

Aufschrei, wimmerte nur leise. Langsam kletterte sie wieder auf den Pfad zurück, stand auf und zog sich unter Grimassen die kleinen Distelstacheln aus der Hand. Sie sah den Pfad hinunter, freute sich, wie weit sie schon gekommen war, rückte ihre Wasserschläuche wieder zurecht und schickte sich an, den Aufstieg zu vollenden.

Einmal blickte sie auf, um zu sehen, wie weit es noch war, und da spähte über die Kante der Mesa ein Fuchs. Er sah für einen Augenblick geradewegs zu ihr her, dann war er verschwunden. Schnell stieg sie nach oben, blieb stehen und hob vorsichtig den Kopf, um über die Kante zu spähen.

Langsam erschienen ihr Haar, ihre Stirn, ihre Augen. Sie suchte die ganze Mesa ab, aber da war kein Fuchs.

Sie ging noch das letzte Stück hinauf, legte die Wasserschläuche ab und sah über die Kante zurück zum Bach, der sich wie eine große Schlange zwischen den Pappeln hindurchwand. Sie sah, wo sie ihre Wasserschläuche gefüllt hatte, sah den Pfad, der sich durch die Disteln schlängelte und zwischen den Felsen zu der Platte heraufführte, auf der sie gestürzt war.

Und da hatte sie ein überaus seltsames Erlebnis. Sie sah ein kleines Mädchen im schlichten Baumwollkleid, das dem ihren sehr ähnlich war. Das Mädchen trug zwei Wasserschläuche über der Schulter. Jetzt rutschte es auf dem losen Gestein aus, fiel hin und schlitterte den Hang hinunter. Sarah rief nach dem Mädchen, doch es bremste seinen Sturz, indem es eine Distel packte. Dann zog es sich wieder auf den Pfad hinauf, erhob sich und begann die Stacheln aus seiner Hand zu ziehen. Jetzt blickte das Mädchen kurz den

Pfad zurück, drehte sich um, hängte die Wasserschläuche wieder zurecht und schaute zur Mesa herauf.

In diesem Augenblick begriff Sarah, daß sie sich selbst sah. Aber die Sarah auf dem Pfad schien die Sarah auf der Mesa nicht zu sehen. Statt dessen schaute die Sarah auf dem Pfad zu der Stelle, wo der Fuchs über die Kante der Mesa gespäht hatte.

Da wurde ihr auf einmal etwas klar, und das war überaus seltsam und ein wenig erschreckend: Sie hatte sich selbst durch die Augen des Fuchses gesehen.

Sie vernahm eine Stimme, die von überallher kam. Die Stimme schien sie in Besitz zu nehmen; sie sagte: »Was ist das für Wasser, das herunterregnet und sich hinaufmüht?«

»Es ist schwerverdientes Wasser«, hätte ihre Antwort lauten sollen, aber es war niemand außer ihr auf der Mesa.

Sie stand auf der Kante der Mesa, drehte sich einmal im Kreis herum und suchte den Ursprung der Stimme ... da stockte sie. Nur ein paar Schritte weit von ihr weg, genau an der Stelle, wo sie ihn zuerst gesehen hatte, saß der Fuchs. Aber er blickte jetzt auf die Wasserschläuche, die voll und rund zu ihren Füßen lagen.

6

Dreimal rund

Der Fuchs zuckte. Sie sahen einander an.

Er erschrak. »Sie kann mich sehen. Ja, sie sieht mich. Sie denkt, ich bin … sie denkt, ich bin ein Fuchs.«

Sarah hörte das alles, aber nicht mit den Ohren. Die Worte, die sie hörte, schienen überall gleichzeitig zu sein, denn sie kamen aus ihrem eigenen Kopf.

Sie sah ihn von oben an. »Bist du es, der da redet?«

Der Fuchs neigte den Kopf ein wenig zur Seite und sah sie eine geraume Weile nachdenklich an. Er saß ganz still und war fast ein wenig durchsichtig. Ein echter, rechter Fuchs war das nicht, aber anscheinend eben doch ein Fuchs. Sie vernahm eine tiefe, wohltönende Stimme, die sich anfühlte, als rieselte weicher schwarzer Sand durch ihren Kopf. Die Stimme sagte: »Ich kann nicht reden.«

»Du hast doch geredet. Ich habe dich gehört«, entgegnete sie in völlig normalem Alltagston. Sie sah den

Fuchs geradewegs an, und er schaute geradewegs zurück.

»Nein«, sagte die Stimme in ihrem Kopf. »Ich habe keine Wörter. Ich habe Gedanken – vielleicht machst du aus diesen Gedanken ein Sprechen mit Wörtern.«

»Aber ich höre deine Worte nicht in meiner Stimme. Sie sind in einer fremden Stimme in meinem Kopf.« Sie sah ihm in die Augen. »Und wenn Füchse keine Wörter haben, wie können sie dann denken?«

»Ich denke aus der Mitte meiner Mitte. Ich brauche keine Wörter, und ich bin kein Fuchs.«

»Du siehst mir aber sehr wie ein Fuchs aus.«

»Das ist ein Mißverständnis, gegen das ich nichts machen kann.«

Sie sah an sich hinunter, dachte an ihren Nabel und fragte: »Wie kannst du aus der Mitte deiner Mitte denken?«

»Nicht aus der Mitte des Bauchs, aus der Mitte des Seins. Aber … das ist auch wieder nicht ganz richtig – deine Worte sagen nicht … was meine Gedanken … denken.«

»Ist die Mitte der Mitte der wichtigste Teil?«

»Ja, aber es gibt auch noch andere wichtigste Teile.«

»Meine Urgroßmutter sagt, den wichtigsten Teil nennt man Seele. Wie kann man mehr als einen wichtigsten Teil haben?«

»Du brauchst alle Teile, um du zu sein. Es sind alles wichtigste Teile.«

»Weißt du, wie eine Seele aussieht?« fragte sie. »Sieht meine Seele so aus wie die Seelen anderer Leute?«

»Manche Gedanken lassen sich mit Wörtern nicht gut sagen. Kannst du Gedanken in Dingen sehen?«

»Was sind Gedanken in Dingen?«
»Wenn du wieder hierherkommst, bring mir etwas dreimal Rundes mit, dann zeige ich dir verborgene Gedanken.«
Seine Nase zuckte. Sein Fell flimmerte kurz und glomm ein wenig auf, bevor er ganz durchsichtig wurde und verschwand.
»Halt, warte! Geh nicht fort«, rief sie. »Was ist denn etwas dreimal Rundes?« Sie klatschte auf den Stein, auf dem er gesessen hatte, dann sah sie über die Kante der Mesa. Kein Fuchs.
»Wie heißt du?« rief sie. Noch immer kein Fuchs.
Sie setzte sich auf die Mesa und machte sich Gedanken über das Geheimnis des fuchsartigen Wesens, dessen Namen sie nicht kannte. Sie lächelte vor reiner Freude. Seine Bitte um etwas dreimal Rundes begann alle ihre Gedanken zu durchdringen, bis sie ihr ganzes Sein ausfüllte.
Auf einem Stein bei den Wacholderbüschen sonnte sich eine große blaue Eidechse. Sie blinzelte Sarah an. Sarah blieb ganz still auf ihrem Stein sitzen und sah empor zu den weißen, dicken Wolken über dem Wacholdergesträuch. Heute waren in den Wolken lauter Pferde, aber keines war dreimal rund.
Als sie nach Hause kam, gab sie gewissenhaft allen Pflanzen aus den Wasserschläuchen zu trinken. Stirnrunzelnd starrte sie auf das gierige Erdreich.

Lilly schlief, eingerollt wie ein Eichhörnchen.
Sarah schaute ihr eine Weile zu. Sie betrachtete die zwei kurzen, dicken Haare, die aus einem kleinen Leberfleck in den Fältchen neben dem einen Augenlid wuchsen, das zuckte. Sie streichelte die knorrige Hand, dann legte sie sich neben Lilly.
Sarah ließ den Blick durch das Haus und über alle ihre Lieblingsstellen wandern: die Schattenmuster, gemalt von der Nachmittagssonne, die in Balken und Schranktüren geschnitzten Tier- und Menschengesichter. Aber etwas dreimal Rundes war nicht dabei.
Still bei sich nannte sie alle Gegenstände beim Namen, die ihr einfielen, und dachte über den geheimnisvollen Fuchs mit seiner wunderlichen Bitte nach. Und was meinte er mit verborgenen Gedanken?
Dieses Verborgene, was es auch war, mußte jedenfalls in etwas dreimal Rundem verborgen sein. Aber wo konnte das sein? Während sie über dieses Rätsel nachsann, nahmen ihre Gedanken allmählich Form und Gefühl von bestimmten Dingen an: langstengeligen Pflanzen im Wind, Wasser, das in dunkles Erdreich sickerte, glatten nassen Steinen in einer Schale. Und nach und nach ergab sich aus all diesen Formen und Gefühlen in ihrem Kopf ganz einfach eine Lösung. Und nachdem sie sehr lange nach den richtigen Worten gegrübelt hatte, erkannte sie, daß es etwas sein mußte, das in sich selbst und dieses wieder in sich selbst war. Dieser Gedanke hinterließ in ihr eine sonderbare Empfindung, wie das Gefühl einer alten Erinnerung, nachdem die Erinnerung selbst nicht mehr da war.

Die Dreisamen Reiter von Henderswil, hochmütig, pflichtbewußt und von seltsam blasser Haut, ritten durch das Licht- und Schattenmuster, das die Sonne durch das Laub der Pappeln malte. Sonnenlicht blitzte auf ihren mannigfachen Spiegeln. Von den steifen, flachen Krempen ihrer Hüte baumelten Lederfransen zur Abwehr der Fliegen, und an ihren Korbsätteln hingen Masken gegen das Böse. Krall und Graulenauge trugen lange Rindslederpeitschen um Schultern und Brust gewickelt. Grifflings Waffen waren das Korbpult und die schweren Hauptbücher. Ein paar Blechröhren gaben im Rhythmus der Pferdehufe ein gedämpftes Klimpern von sich.

Die drei ernsten Männer waren vom Sitzen auf den unbequemen Sätteln schon ganz krumm, und in ihren Mienen standen die Strapazen vieler beschwerlicher Meilen, die sie bereits geritten waren.

Lilly öffnete die Augen und lächelte das Kind an, das in tiefes Grübeln über die Natur von Dingen innerhalb von Dingen versunken war.

Sarahs Augenbrauen zogen sich eng zusammen, so angestrengt grübelte sie über etwas dreimal Rundem. Sie sah, daß Lilly wach war, und fragte: »Gibt es etwas, das in sich selbst und das dann wieder in sich selbst ist?«

Die runzlige alte Frau richtete sich auf und blickte zum Fenster hinaus, suchte nach einer Erinnerung. Sie dachte über die wunderliche Frage des Kindes nach, lächelte und sagte dann: »Als ich noch sehr jung war – ein Kleinkind –, bin ich einmal aus dem Schlaf erwacht und hatte ein Gefühl, das mich ganz erfüllte. Dieses Gefühl sagte: ›Hier bin ich wieder.‹ Es war, als hätte ich mich in mir selbst wiedergefunden. Ich wußte, daß ich ich war.«

»Hier bin ich wieder?« fragte Sarah.

»Ja. Es war, als wäre ich ins Leben hineingeboren worden, aber zugleich hatte ich noch eine dunkle Erinnerung an das Ich, das ich vorher gewesen war. Ich war eingeschlafen, und so war es danach ein Gefühl, als ob ich in ein neues Ich hineingeboren worden wäre.«

Sarah schien eine Weile ganz versunken in ihre Gedanken, dann sagte sie: »Immer wenn ein Kleinkind aufwacht, fühlt es sich, als ob es sein altes Ich verlassen hätte und in ein neues Ich hineingeboren worden wäre? Ja?«

»Ich glaube, ja. Und das wieder und immer wieder«, sagte Lilly, während sie überlegte, was das bedeutete. Sie stand auf und lehnte sich mit dem Rücken an den Fensterrahmen. Durch das dicke Glas sah man weiße Fuchswolken über den fernen Bergen aufquellen.

»Woher weiß man«, fragte Sarah, »ob man sich etwas nur einbildet, oder ob es wahr ist?«

»Ich kann den Unterschied nicht feststellen. Konnte es noch nie. Aber das ist ein Geheimnis, verrate es keiner Menschenseele«, sagte sie mit einem Verschwörerlächeln. »Meinst du denn, du hast dir etwas eingebildet?«

»Weißt du, da ist so ein Fuchs – er ist nicht richtig eingebildet – aber richtig wirklich ist er auch nicht.«

»Was ist das Besondere an diesem Fuchs?«

»Er hat mit mir gesprochen.«

»Tatsächlich?«
»Ja. Und weißt du, was noch? Er denkt aus der Mitte seiner Mitte, und wenn er Gedanken hat, höre ich in meinem Kopf Wörter.«
Sarah sah, daß Lilly nicht ganz mitkam. Sie wollte sich mehr Mühe geben und sagte alles noch einmal, langsamer und so deutlich, wie sie nur konnte.
»Hör zu. Er denkt Gedanken, und ich höre Wörter. Aber er hat keine Wörter. Er hat nur Gedanken. Also spricht er auch nicht wirklich.«
»Aha.«
»Und ich habe etwas gesehen, was ich noch nie gesehen hatte. Ich konnte mich selbst so sehen, wie er mich gesehen hatte ... mit seinen Augen.«
»Wie ging denn das?«
»Als ich hinfiel, auf dem Weg den Pfad herauf ...« Sarah merkte auf einmal, daß sie zuviel gesagt hatte. »Vielleicht war es ja doch nur ein eingebildeter Fuchs und gar nicht echt.«
»Aber hingefallen bist du wirklich, oder ...«
Sarah blieb die Antwort erspart, denn man hörte Hufegetrappel und Männerstimmen auf das Haus zukommen. Sie sprang auf, lief zur Tür und riß sie auf.
Vor ihr thronten die Dreisamen Reiter in ihren hohen Korbsätteln auf dicken Pferden. Das Funkeln und Blitzen ihrer Spiegel ließ ihre Gestalten im Gegensatz dazu dunkel erscheinen, unkenntlich wie Gespenster.
Krall hielt ein Spiegelmedaillon in der Hand und spiegelte damit die Sonne in Sarahs Gesicht. Zuerst musterte er sie eingehend, dann fragte er: »Sind deine Eltern zu Hause, Kind?«
»Nein.«

Krall kniff die Augen zusammen und leuchtete mit dem Spiegel an ihr vorbei ins Haus. »Wir suchen einen Viehdieb. Weißt du, was ein Viehdieb ist, Kind?«
»Nein.«
Er stieg vom Pferd, ganz steif und wund vom Reiten. »Wir suchen einen Mann, der ein Schaf getötet hat. Zum Viehdieb macht ihn nun dies: Das Schaf gehörte nicht ihm. Er hat das Schaf eines anderen getötet. Und es ist unsere Absicht, ihn streng zu bestrafen.«
Lillys knotige Hand griff um die Tür und öffnete sie weiter. Blinzelnd sah sie in die blitzenden Spiegel.
Krall sah die alte Frau und dann das Kind mit funkelnden Augen an. »Du hast uns angelogen, Kind. Du hast gesagt, du wärst allein.«
»Ihr habt mich nach meinen Eltern gefragt. Das ist meine Urgroßmutter. Ich habe nicht gelogen.«
Sarah stierte zu dem Mann hoch. Er stierte zurück. Kein Erwachsener wagte diesem Mann zu widersprechen, geschweige denn ein Kind. Schließlich wandte er sich an Lilly. »Das Kind hat ein schlechtes Benehmen, Urgroßmutter. Ihr müßt ihm Benehmen beibringen. Wißt Ihr, wer wir sind?«
»Ich glaube nicht. Sagt mir, wer Ihr seid.«
»Wir sind die Dreisamen, des Volkes Wille. Dies hier ist Griffling, der Schriftführer«, sagte er, indem er auf Griffling zeigte, der mit ernster Miene nickte. »Dies ist Graulenauge. Und ich bin Krall. Ich bin der Befehlshaber. Unsere Aufgabe ist es, die zu bestrafen, die nach Volkes Willen Strafe verdienen. Heute suchen wir einen, der eines anderen Schaf getötet hat. Habt Ihr jemand Verdächtigen in der Nähe gesehen?«

»Jemand Verdächtigen? Ich weiß es nicht genau. Drei Männer sind gekommen«, antwortete Lilly.
Krall nickte, und Griffling zerrte an einem der dicken Bücher, die in seiner Satteltasche klemmten. Alle warteten geduldig. Endlich bekam er das Buch heraus, legte es geöffnet auf sein Korbpult und begann zu schreiben. Mit seinem Federkiel bedeutete er Lilly, fortzufahren.
»Sie hatten lange schwarze Peitschen bei sich«, sagte Lilly. »Einer hatte einen Sattel zum Schreiben. Sie hatten viele Spiegel an sich.« Bei diesen Worten wurden Lillys Augen außergewöhnlich groß. Sie blinzelte einmal, und ganz langsam machte sich auf ihrem Gesicht ein Grinsen breit. Sie und Sarah sahen einander an. Beide kicherten.
Zu ihren Füßen ließ Kralls Peitsche die Erde aufspritzen. Erschrocken klammerten sie sich aneinander, doch die Schadenfreude stand noch in ihren Gesichtern.
»Haus durchsuchen«, befahl Krall. »Hier ist etwas nicht geheuer.«
Graulenauge sprang vom Pferd und drängte sich grob an dem Kind und der alten Großmutter vorbei ins Haus, um es zu durchsuchen. Lilly und Sarah folgten ihm, um zu sehen, was er tat, denn das Benehmen des Mannes verwunderte sie sehr.
Er stocherte, stierte, schnaubte wie ein Pony, musterte die Schnitzereien an den Schränken und wühlte aufgeregt in der Kleidertruhe. Darüber mußte Lilly lachen. »Ihr sucht aber einen kleinen Viehdieb«, sagte sie zu dem Mann, der mit dem Kopf völlig in die Truhe getaucht war.

Graulenauge sah auf, ein kurzes Erstaunen im Gesicht, dann schaute er wieder auf die Truhe, tat mit einem Schnauben seine Verachtung für den Spott der alten Frau kund und zeigte auf die Schnitzereien an den Schränken. »Warum sind in diesem ganzen Haus so viele Tiere?« begehrte er zu wissen, sichtlich von stärkeren Empfindungen aufgewühlt, als die verspielten Rehe an den Schranktüren oder das Waschbärgesicht, das von dem Balken über ihm heruntersah, auszulösen vermochten. Er fühlte sich in diesem Haus wie in einer Falle gefangen. Das seltsame Kind sah ihn unentwegt an. Unsichtbare Finger schienen sich um seinen Hals zu schließen. Seine Sicht verschwamm an den Rändern, und aus den verschwommenen Ecken kam allerlei Getier geschlichen, gekrochen und gesprungen, und nun veränderte der Raum seine Gestalt, und die Tiere an den Balken näherten sich ihm. Immer wenn er eines von ihnen unmittelbar ansah, blieb es stehen, doch während sein Blick auf dieses eine geheftet war, hüpften und sprangen alle die anderen oder kamen auf ihn zugeglitten.
Graulenauge schrie. Er war ein tapferer Mann, aber er schrie. Er riß den Mund auf und tat den Schrei seines Lebens. Aber niemand hörte ihn, denn es war keine Luft in seinen Lungen, die dem Schrei einen Ton gegeben hätte. Er reckte sich nach dem netten kleinen Waschbärgesicht über ihm und ging mit den Fingernägeln darauf los.
Lilly und Sarah sahen ihm zu, seine wilde Verzweiflung bestürzte und verwirrte sie. »Was macht Ihr denn da?« fragte das Kind.
Sarahs arglose Frage brach die Macht der unsichtba-

ren Finger, die ihn bei der Kehle gepackt hielten, und der wunderliche Mann hörte auf, wie ein Wilder um sich zu schlagen. Keuchend und schluckend füllte er Luft in seine Lungen, wieder und wieder. Er zitterte am ganzen Leib. Er sah die Tiere an, die friedlich und still waren, dann die alte Frau und das Kind, die schweigend dastanden und ihn beobachteten.

»Hier ist etwas nicht geheuer... Dämonen wollten mir an den Leib«, sagte er bei sich. Rückwärts schob er sich langsam zur Tür, ohne das Kind aus den Augen zu lassen, aber er blieb mit einem Absatz hängen und setzte sich unsanft auf den Boden. Sein Blick blieb unverwandt auf Sarah geheftet, während er mit den Händen umhertastete, um herauszufinden, was ihn zu Fall gebracht hatte. Er fühlte jedoch nur den kühlen, glatten Fußboden, und sein Herz begann zu rasen.

Das Kind immer fest im Blick, schob er sich mit den Händen langsam rückwärts zur Tür und auf den Hof hinaus, ins helle Sonnenlicht.

Die Sonne rief ihm in Erinnerung, daß er am Leben war. Und sie erinnerte ihn an Krall. Ihm war bereits klar, daß die Dämonen im Haus die seinen gewesen waren, nicht die des Kindes. Und nun saß er im Schmutz, und hinter ihm stand der Befehlshaber. Er wagte es nicht, sich vor Krall lächerlich zu machen. Er wagte sich nicht einmal umzusehen, ob er beobachtet würde. Vorsichtig stand er auf, aber sowie er sich umdrehte, blitzten helle Spiegel ihm entgegen, und er hörte Kralls düstere Stimme. »Sprich«, befahl Krall. Ehe Graulenauge aber noch etwas sagen konnte, zeigte Krall zum Schuppen und sagte: »Alles in die Bücher.«

Graulenauge folgte Krall zum Schuppen. Erleichterung strömte ihm kühlend vom Kopf bis in die Stiefel – Krall gab offenbar dem Kind die Schuld für sein eigenartiges Benehmen. Er brauchte nur noch zu sagen, was man von ihm hören wollte.

Im Schuppen begutachtete Griffling soeben Aesas Schmiedewerkzeuge, schätzte ihren Wert und machte sich Notizen in einem dicken grauen Buch. Als er Krall und Graulenauge hereinkommen sah, zog er das passende Buch aus seiner Ledertasche und schlug es an der passenden Stelle auf. Er war bereit. Krall nickte, und nun berichtete Graulenauge von seinem knappen Entrinnen vor den Dämonen im Haus – Dämonen, die einem Dämonkind gehorchten.

»Zuerst fühlte ich sie in der Luft. Dann nahmen sie Tiergestalten an und krochen die Wände entlang. Einer packte mich bei der Kehle, ein anderer machte, daß ich nur noch verschwommen sah, damit die andern sich auf mich stürzen konnten. Einige sprangen, einige hüpften, andere glitten auf mich zu. Einer in der Gestalt eines Waschbären griff mich an. Ich wehrte mich und rief um Hilfe, aber kein Ton kam heraus. Dann hielten sie auf Befehl des Kindes plötzlich inne. Aber als ich ging, brachten sie mich zum Straucheln, so daß ich hinfiel. Ich konnte nicht wieder aufstehen und mußte mich mit den Händen ins Freie schieben.«

Sarah beobachtete das Ganze von der Tür aus, bis Lilly sie ins Haus zog. Sie ließen die Tür einen Spaltbreit offen und spähten hinaus, um zu sehen, wie es nun weiterging.

Griffling kniff die Augen zusammen. Er begann in

seinem Buch zurückzublättern, las da und dort. Einmal hielt er kurz inne und warf einen Blick zum Haus. Dann suchte er weiter. Endlich stieß er auf eine bestimmte Stelle, die er sehr genau las. Er sah zu Krall und winkte ihn zu sich.
Sie hielten flüsternd Rat. Griffling verwies auf sein Buch, stieß seinen stumpfen, tintenschwarzen Finger auf eine Stelle, und ein Freudenschauer durchlief ihn. Auf der Seite standen oben einige kurze, enggekritzelte Anmerkungen zu Grifflings Zeichnung von den Gerätschaften des Regenmachers. Unten rechts aber stand die Beschreibung der Echsenfrau von einem Kind, das einen toten Fuchs ins Leben zurückgeholt hatte, und daneben war die Zeichnung von dem in den Staub gemalten Fuchs. Griffling tippte mit hämischer Freude auf die Worte. Krall nickte nur und beobachtete das Haus. Er ging auf den Hof hinaus und rief Lilly zu:
»Urgroßmutter, wo ist der Vater des Kindes?«
Lilly sah zu ihm hinaus. Seine Spiegel blitzten sie an. Sie wußte, daß sie etwas sagen mußte. Endlich antwortete sie: »Er geht woanders seinem Handwerk nach.«
»Hat sein Wagen hohe Eisenräder?«
»Er ist zu groß für Euren Viehdieb«, sagte sie nur, und mehr wollte sie sich über ihren Enkel nicht entlocken lassen.
Krall ging zum Brunnen, ließ den Eimer hinunter und zog ihn wieder hoch, um zu trinken. Er dachte über die Ereignisse des Nachmittags nach und überlegte, welche Fragen die Echsenfrau und der Stadtrat stellen könnten. Er nahm es mit solchen Einzelheiten genau.
Er stellte den Eimer ab und ging zum Haus, gefolgt

von Griffling. Lilly beobachtete ihn durch die Tür, hielt sich aber tunlichst aus dem Licht.

»Oben am Ackerrand«, sagte Krall, wobei er den Hügel hinaufzeigte. »Da steht ein Stein mit einer Schrift darauf. Was bedeutet das?«

»Das Kind hat ihn gefunden«, sagte Lilly. »Ein Grabstein vielleicht. Von langvergangenen Menschen. Gelben Seefahrern vielleicht.«

Griffling schrieb eifrig jedes Wort mit, um alles ganz genau festzuhalten.

Krall drückte vorsichtig die Tür auf, gerade weit genug, um Lillys Gesicht zu sehen. »Gelbe Seefahrer?« fragte er.

»Ja. Die auf den Berggipfeln die kleinen weißen Blumen gepflanzt haben.«

Krall wußte nicht, was er mit der alten Frau anfangen sollte. Er sah sie böse an. Griffling schrieb.

»Das wär's fürs erste«, sagte Krall.

Graulenauge und Krall saßen auf, ihre Spiegel blitzten, und ohne ein weiteres Wort ritten sie davon, der Schriftführer folgte in einigem Abstand.

Lilly und Sarah blieben in der Tür stehen und sahen den Dreisamen Reitern nach. Sie gaben Sarah ein Rätsel auf. »Was bedeutet es, des Volkes Wille zu sein?« fragte sie.

»Sie sagen, was die Leute denken, und die Gedanken der Leute hier sind böse«, sagte Lilly.

»Warum sind sie böse?«

»Sie leben in großer Angst, glaube ich. Wenn Menschen vergessen, wer sie sind, durchdringt sie die Angst. Wovor sie aber Angst haben, weiß ich auch nicht.«

Lange Staubfahnen zogen hinter den Reitern her, beleuchtet vom Licht des Spätnachmittags. Die Reiter verschwanden, nur ihre Staubfahnen blieben und legten sich gleich furchtsamen, bleichen Gespenstern über den Horizont.

Sie saßen nebeneinander auf der Bank unter dem Fenster. Lilly webte, und Sarah sah ihr zu. Lilly hockte vor dem Webstuhl und stieß das Schiffchen durch die Kette, drückte den Faden fest hinunter und zählte die Farben der Reihe nach, denn sie wußte sie nicht mehr.
»Woher weißt du denn, welche Farbe als nächste drankommt?« fragte Sarah.
»Das Muster gibt sie vor.«
»Wo ist das Muster?«
»Das ist das Muster«, sagte Lilly, indem sie an krummen Fingern die Farben abzählte. »Gelb, blau, gelb, gelb, blau.«
»Ich meine, woher kommt das Muster?«
»Aus meinem Kopf. Ich sehe es im Kopf.«
»Kannst du so etwas wie geheimsehen?«
»Es ist wie eine Geschichte, die man hinter den Worten sieht. Wie eine Melodie, die man im Kopf hört.«
Im schwarzen Kessel begann das Wasser zu brodeln, empfing aus Lillys Spinnenfingern drei Eier und kühlte zu einem leichten Sieden ab.
Von einem Balken über dem Herd sah eine große geschnitzte Maus den beiden zu, wie sie ihr Abendbrot bereiteten. Summend schnitt Lilly Brot und Käse, Sarah rührte die Grütze.

Beim Essen schweiften Sarahs Gedanken suchend durch den Raum. Sie schlug mit dem Messer ihr gekochtes Ei auf, und während sie das Ei betrachtete, leuchtete ihr ernstes Gesicht erfreut auf.
»Was hast du, Kind?« fragte Lilly. »Was hast du gefunden?«
»Es ist dreimal rund! Das Ei! Es ist dreimal rund!« Sarah zerteilte das Ei, so daß man seine drei Kreise sah: Schale, Eiweiß und Dotter. Wie verzaubert war sie von ihrer Entdeckung. Sie betrachtete das geteilte Ei aus der Nähe.
Nach einer Weile trat eine Frage in ihr Gesicht. »Wie sollen darin Gedanken versteckt sein?«
»Versteckt dein Fuchs seine Gedanken in Eiern?«
Sarah prüfte das Ei mit ernstem Blick. »Er hat gesagt, ich soll ihm etwas bringen, das dreimal rund ist, dann will er mir Gedanken zeigen, die darin versteckt sind. Ich sollte es vielleicht nicht essen?«
»Bring ihm ein anderes, es wird ihm gleich sein«, riet Lilly.
Sarah sah kurz zu ihr auf, nahm dann eine Prise Salz aus einem blauen Schälchen, streute sie auf das Ei und lächelte.
Und sie dachte bei sich: Ob sie Bescheid weiß?

7

Marischan Boresan

Sarah schlich leise an Lilly vorbei aus dem Haus und trat ins blasse Morgenlicht. Sie trug ein Bündel in der Hand, und über ihren Schultern hingen die leeren Wasserschläuche, mit einer gelben Schärpe zusammengebunden.

Die Ziegen sahen ihr über den Dachrand nach, als sie sich vom Haus entfernte, zu den Felsen hinunterging und im Wacholdergesträuch verschwand. Wo sie dem Fuchs auf der Mesa begegnet war, blieb sie stehen, knüpfte das Bündel auf und nahm zwei gesprenkelte Eier, einen kleinen Laib Brot und ein Stück Käse heraus. Sie setzte sich hin und aß, nur ein Ei ließ sie übrig für den Fuchs. Im fahlen Licht sah sie die blaue Eidechse und warf ihr eine große Brotkrume hin. Die Eidechse kam angewackelt, schnappte sie sich und schlang sie ganz hinunter, ließ nicht den kleinsten Krümel übrig, dann zwinkerte sie mit wissendem Eidechsenblick.

Sarah fand einen kleinen Stein und stand auf, Brot und Käse in der einen Hand. Sie spähte über die Kante der Mesa und warf den Stein ins dunkle Tal hinunter. Nach ein paar kurzen Augenblicken hörte sie ihn unten auf die Felsen schlagen. Sie wartete auf den Fuchs, bis die Sonne über den Bergen aufging und die Mesa mit ihrem warmen Licht überflutete.

Aber noch immer kam kein Fuchs. Sie aß die letzten Reste Brot und Käse, streifte sich die gelbe Schärpe über den Kopf und ging langsam den gewundenen Wildpfad hinunter.

Wo der Pfad endete, suchte sie am Fuß der Felsen einen neuen Weg zum Bach. Sie fand eine Stelle, wo das Gras hoch stand und große runde Steine aus dem Gras ragten. Hier wuchsen einige wunderschöne Bäume mit zarter weißer Rinde und vollkommenen grünen Blättern. Es war ein Ort ohnegleichen. Sogar die Luft um Sarahs Gesicht fühlte sich anders an. Sie blieb ganz still auf dieser sonderbaren Wiese stehen, bis sie einen Streifen im Gras sah und einen verborgenen Pfad entdeckte, der zu den hohen Pappeln und dem Unterholz am Bach führte.

In den höchsten Zweigen der Pappeln fingen die Blätter die Strahlen der Morgensonne ein, spiegelten sie ins dunkelgrüne Unterholz hinunter und zeigten ein paar große Tiere, die in einem Dickicht schliefen.

Fünf Rehe erhoben sich und streckten die langen Körper. Sie beobachteten Sarah, die ganz nah herankam, reglos stehenblieb und wartete. Rehe und Mädchen sahen einander an. Sarah war hingerissen von ihren großen, zarten Ohren und den geheimnisvollen dunklen Augen. Sie dachte: Wie können solch zarte Tiere

nur so stark sein? Die Rehe hoben die Köpfe und suchten ihre Witterung. Riecht nicht unangenehm, fanden sie. Schnuppernd kamen sie mit langen Hälsen näher, ein Schrittchen um das andere.
Neugierig und ein wenig ängstlich zugleich, wagte Sarah sich nicht von der Stelle zu rühren.
Die Rehe traten aus dem Dickicht vor und wurden immer größer. Sarah sah sich plötzlich umringt von großen Ohren, schönen großen Augen und feuchten schwarzen Nasen, die zuckten.
Die Rehe leckten sie. Sie leckten ihr über Arme und Hals, dann übers Gesicht. Sarah hielt die Luft an und kniff die Augen zu. Als sie endlich die Luft nicht länger anhalten konnte und geräuschvoll ausatmete, sprangen die Rehe überrascht zurück. Schon stellten sie sich beleidigt, reckten die Köpfe in die Luft und sprangen davon, wie es der Rehe Art ist.
Sarah griff sich mit den Händen ins Gesicht und wischte den Rehspeichel ab. Sie sah über die Wiese den Rehen nach, die jetzt stehenblieben, um zu äsen. Eine Ricke drehte sich nach ihr um, wurde auf einmal ganz durchsichtig und verschwand, um aber gleich darauf ein paar Schritte von der Stelle entfernt, wo sie eben noch gegrast hatte, wieder zu erscheinen und weiterzugrasen.
Dieses Zauberspiel gab Sarah ein so sonderbares Gefühl, daß sie ihre Hände ans Gesicht führte, um den Rehduft einzuatmen. Nachdem sie sich so überzeugt hatte, daß die Rehe echt waren, setzte sie ihren Weg zu dem singenden Bach fort.
Das Laub der Bäume, das Unterholz und das hohe Gras warfen einen blaßgrünen Schimmer auf das Wasser.

Der Fisch unter der Uferkante sah die Schattenkringel und flüchtete vor dem riesenmäuligen Ungeheuer aus Ziegenhaut, das von der kindlichen Wasserholerin bewegt wurde.
Unter der schweren Last der Wasserschläuche stieg Sarah den Pfad zwischen den Felsen hinauf, bis sie unmittelbar unter der Mesa an einen Wall aus weißem Ton kam und etwas entdeckte, was sie noch nie gesehen hatte – lauter kleine Gänge oder Höhlen in der Bergflanke, und unter jeder eine kleine Rinne. Sie blieb stehen und spähte in eine dieser merkwürdigen Wohnhöhlen hinein. Drinnen sah sie ein Wesen mit langem, dünnem Schnabel, das schnell außer Reichweite verschwand und ein kleines Geheimnis zurückließ. Sarah spähte in andere Höhlen, wo sie nur weitere kleine Geheimnisse fand. Sie ließ sie in Ruhe und setzte ihren Aufstieg zur Mesa fort.
Sie hoffte, den Fuchs zu überraschen, und spähte über die Kante der Mesa. Das gesprenkelte Ei lag noch da in seiner Vollkommenheit, aber kein Fuchs. Enttäuscht und ein wenig verstimmt stieg sie das letzte Stück nach oben und setzte die Wasserschläuche ab. Die Rehe ästen am Rand der kleinen Wiese, wo Sarah sie zuletzt gesehen hatte. Da hörte sie in ihrem Kopf den Fuchs: »Ich sehe, du hast ein paar neue Freunde.«
Er saß an seinem alten Platz und sah zu den Rehen hinunter. Sarah war hocherfreut. »Sie haben mich abgeleckt«, sagte sie. Sie beschnupperte ihre Arme und sah den Fuchs mit selbstzufriedenem Lächeln an.
»Wie soll ich dich eigentlich nennen? Hast du einen Namen?« fragte sie.

Der Fuchs fühlte sich durch die Frage geschmeichelt. »Auf den Gedanken bin ich noch nie gekommen«, sagte er.
»Dann hast du überhaupt keinen Namen?«
»Ich war immer Teil anderer Wesen. Darum bin ich eigentlich gar nicht selbst ein Wesen, auch nicht der Fuchs, den du siehst.«
»Wenn du kein Wesen und kein Fuchs bist, was bist du dann?«
Er blieb eine kleine Weile still, dann sammelten die Worte sich nach und nach in ihrem Kopf: »Ich bin ein Plan ... des Seins ... des Werdens. Ich helfe anderen Wesen, sich zu wandeln und zu werden, was sie sein müssen.«
»Welchen Wesen?« fragte sie.
»Allem, was sich wandelt – was wächst oder vergeht«, antwortete er.
»Was tust du denn dazu?«
»Immer wenn sich etwas wandelt, entsteht eine kleine Lücke zwischen der Erinnerung an das, was es war, und der Hoffnung auf das, was es sein wird. Ich bin sozusagen ein Plan in der winzigen Lücke zwischen Erinnern und Hoffen.«
»Du hältst sie also zusammen?« fragte sie.
»Gewissermaßen ja, denn Hoffnung braucht die Erinnerung an das, was war, sonst würde sie sich verirren, und nie käme etwas Richtiges heraus.«
Sie begann zu begreifen, welch wichtiger Teil anderer Wesen er war. »Ohne dich gäbe es keine Bäume oder Blumen, keine Wolken und auch sonst nichts?«
»So habe ich das noch nie gesehen. Ich tue, was ich tue.«

»Könntest du mir zeigen, wie man eine Blume oder ein Baum wird?« fragte sie.
»Vielleicht. Normalerweise helfe ich den Wesen, zu dem heranzuwachsen, was sie sein möchten. Im allgemeinen fällt ihnen nicht ein, etwas anderes sein zu wollen, als sie sind.«
Sie war sehr zufrieden mit diesem Fuchs. »Kannst du dir einen Namen ausdenken, mit dem ich dich rufen kann?«
Er suchte in den Wolken nach einer Eingebung. »Du kannst mich Marischan nennen ... Boresan ... den Fuchs.«
Langsam sprach sie seinen neuen Namen. »Ma-ri-schan Bo-re-san?«
»Ja. Nur für dich.«
»Ich danke dir sehr, Marischan. Mein Name ist Sarah. Ach ja, jetzt hätte ich das beinahe vergessen.«
Sie holte das gesprenkelte Ei und legte es zwischen seine Pfoten. Dann trat sie einen Schritt zurück und beobachtete ihn eine kleine Weile.
»Ich habe dir etwas mitgebracht, das dreimal rund ist«, sagte sie und hoffte, daß es seinen Ansprüchen genügte.
»Hmmm?« Lange betrachtete er das Ei und meinte endlich: »Kannst du es dazu bringen?«
»Dazu bringen?«
»Ja«, sagte er. »Dreimal rund zu sein.«
Sie war hochzufrieden mit sich: Sie hatte begriffen, er nicht. Sie sah ihn grübeln – drei vollkommene gesprenkelte Eier nebeneinander? Nein. Und wenn er sich das Ei aufgeschlagen vorstellte, zerlief es auf dem Stein. »O nein«, sagte sie, »das geht ganz anders.«

Jetzt fiel ihr ein, daß er sich ja unter einem gekochten Ei nichts vorstellen konnte.
Sie nahm das Ei in die Hand und klopfte mit dem Messer darauf. Der Fuchs zuckte zusammen, vielleicht überrascht, vielleicht nur feinfühlig. Sie drehte das Ei um und klopfte von der anderen Seite darauf, dann schnitt sie es in der Mitte durch und zeigte ihm das hartgekochte Eiweiß und den gelben Dotter.
Er war entzückt. »Wie schön, und ziemlich schlau.«
»Hast du noch nie ein gekochtes Ei gesehen?«
»Noch nie«, sagte er. »Das ist mein allererstes. Sind sie alle so?«
»Nur wenn man sie lange genug kocht. Wenn nicht, ist der Dotter flüssig. Kannst du mir jetzt die Gedanken darin zeigen?«
Marischan tippte das halbe Ei mit der Pfote an. »Gedanken darin?« Seine Frage kam langsam und klang verwundert. Offenbar hatte er alles vergessen.
Sie wurde ungehalten. »Du hast gesagt, wenn ich dir etwas dreimal Rundes bringe, zeigst du mir verborgene Gedanken zum Denken.«
»Ach ja?«
»Erinnerst du dich nicht? Ich wollte wissen, wie meine Seele aussieht, und du ...«
»Deine Seele, natürlich – in etwas verborgen, das dreimal rund ist. Das Ei wird dir zeigen, wo deine Seele verborgen ist. Das Ei hat mehrere Teile, genau wie dein Ich.«
»Mein gutes und mein böses Ich?«
Der Fuchs schien das nicht zu verstehen. Er sah sie mit schiefgelegtem Kopf an. »Dein äußeres Ich und dein inneres Ich«, entgegnete er.

Sie hob die eine Eihälfte auf, um sie näher zu betrachten, als sie von fern das Meckern von Ziegen hörte und ihr einfiel, daß sie etwas Wichtiges vergessen hatte.
»Die Ziegen! Ich habe die Ziegen zu melken vergessen. Jetzt muß ich gleich hin und sie melken. Kannst du mir beim Ziegenmelken von meiner Seele erzählen?«
»Ziegenmelken? Was ist Ziegenmelken?«
»Komm mit, dann wirst du's sehen.«
Sie nahm ihr Bündel und die Wasserschläuche auf und schlug den Pfad durch das Wacholdergesträuch ein. Als sie aus den Sträuchern herauskam, sah sie sich um, aber kein Fuchs war da. Sie blieb stehen und rief nach ihm: »Marischan?«
Schon war er wieder da, saß vor ihr auf dem Pfad. Sie sah ihn an und hörte ihn fragen: »Ja?«
»Ah, da bist du.«
Kaum setzte sie sich wieder in Bewegung, wurde er durchsichtig und verschwand erneut. Sie blieb erschrocken stehen, und da war er wieder, saß auf dem Pfad, den Kopf nach ihr zurückgedreht, und sah sie an.
»Meinetwegen«, sagte sie und folgte weiter dem Pfad durch das Heidegestrüpp. Und wieder verschwand Marischan.

Sarah spähte um die Hausecke nach Lilly, aber auf dem Hof waren nur drei Hühner. Marischan erschien wieder neben ihr. Er beäugte die Hühner. Sie sah ihn an.
»Du ißt doch keine Hühner, nein?«
»Solche Gedanken könnte ich gar nicht denken. Ich esse überhaupt nie.«

Er verschwand, und sie ging über den Hof zum Schuppen.

Dort kniete Lilly neben Ziege Silas und versuchte mit ihren steifen, knotigen Händen Milch aus dem geschwollenen Ziegeneuter zu streichen.

Sarah betrachtete Lilly und Lillys Hände, und Tränen stiegen ihr in die Augen.

Lilly blickte auf und lächelte, als sie die Wasserschläuche sah. Sie sagte sich, daß sie selbst wohl ebenso gehandelt hätte, ohne Rücksicht auf die Folgen. »Ich sehe, du warst am Bach«, sagte sie. »Deine Wasserschläuche sind voll.« Dann besann sie sich wieder auf ihre Mühsal und hob die Hände. »Damit ist nicht mehr viel Milch zu holen. Du solltest vielleicht jetzt weitermachen.« Mühsam erhob sie sich von den Knien und begann sie zu reiben, um den Kreislauf wieder in Gang zu bringen.

Sarah kniete sich neben die Ziege und begann zu melken. Ihre Worte wurden untermalt vom Plätschern der Milch in den Eimer. »Ich wollte das nicht ... aber was sich dann alles ereignet hat ... die Zeit ist einfach verflogen, und ich habe das Melken vergessen ... Entschuldige.« Sie atmete tief ein, um ihre Tränen zurückzudrängen.

Lilly strich ihr übers Haar, dann setzte sie sich ins Stroh und zog sie fest an sich. »Erzähl mir alles, was du erlebt hast.«

Sarah begann zu berichten, aber ihre Erzählung wurde immer erregter, und ihre Worte verhaspelten sich. »Also, zuerst waren da die Rehe. Sie haben mir das Gesicht geleckt, und dann konnte ich einfach durch sie hindurchsehen, und sie verschwanden. Dann war ein Fisch im Bach, und es waren Löcher in den Felsen, in denen sich etwas versteckt hielt, und oben hat der Fuchs zu mir gesagt, daß er ein Plan ist, wie man eine Blume werden kann. Vielleicht werde ich mal eine Blume sein, und er heißt Marischan Boresan, aber nur für mich, sagt er. Er hat nicht verstanden, wieso das Ei dreimal rund ist. Darum mußte ich es ihm zeigen! Er hätte mir fast erklärt, wie mein Ich sich in mehreren Teilen im Ei versteckt hält, aber da hat mich Ziege Silas zum Melken gerufen. Ach ja, ich habe ganz vergessen, daß da zuerst eine blaue Eidechse war, die auf der Mesa liegt und aufpaßt, und sie hat von meinem Brot gegessen.«

»Dann ist es ja ein Wunder, daß du überhaupt wiedergekommen bist. Die Rehe haben dich geleckt?«

Sarah nickte und hielt sich die Arme vors Gesicht, um daran zu schnuppern, dann ließ sie auch Lilly daran riechen. »Rehduft«, sagte Sarah.

Lilly schnupperte. »Riecht eindeutig nach Reh. Und dein Fuchs Marischan …?«

»Marischan Boresan.«

»Ja, genau. Was ist aus ihm geworden?«

Sarah stand auf, drehte sich langsam um und suchte den Fuchs. Dann zeigte sie auf den Hof. Ein etwas durchsichtiger, aber aufmerksamer Marischan saß still und brav im Staub.

Lilly blinzelte gegen das Licht. Sie beugte sich vor und sah verwundert in das zarte Lichtgeflimmer über dem Boden. Aber für sie wurde kein Fuchs daraus.

»Sehr hübsch«, sagte Lilly. »Du sagst, er sieht aus wie ein Fuchs?«

»Ja, ganz wie ein Fuchs. Und er denkt Gedanken.«

»Hat er auch Gedanken für mich?«
Das war zuviel für Marischan. Er zuckte und flimmerte und verschwand.
»Marischan!« rief Sarah dem überempfindlichen Fuchs nach.
»Oje, jetzt habe ich ihn verscheucht«, rief Lilly.
Sarah kniete sich wieder neben Ziege Silas und melkte weiter. »Ich weiß ja, wo ich ihn finde. Ich werde ihn später wiederfinden«, sagte sie, um Lilly zu trösten, vielleicht auch sich selbst.
Lilly ging auf den Hof und besah sich die Stelle, wo sie das Lichtgeflimmer gesehen hatte. Als sie sich bückte, sah sie etwas auf dem Boden und machte große Augen. Im Staub waren vier kleine Pfotenabdrücke. Lilly war so gut wie sicher, daß sie von einem Fuchs stammten. Zutiefst erschrocken stand sie da, geplagt von furchtbaren Gedanken. Sie schaute zurück zu Sarah, die ernst neben Ziege Silas kniete und sie melkte.

8

Die verwunschene Weberin

Hoch oben auf der Mesa stand Sarah im schrägen Abendlicht und zeigte Lilly, wo die Rehe gewesen waren, der Fisch und die Geheimnisse in den Felsen. Zuletzt zeigte sie zu der Stelle auf dem Pfad, wo sie hingefallen war, und zu der Stelle auf der Mesa, wo sie zum ersten Mal den Fuchs gesehen hatte.

Rosa Wolken jagten und wirbelten über den Himmel und fächerten sich auf. Ein dicker geflügelter Fisch schwebte rosa über den flachen blauen Bergen.

Unten schlängelte der Bach sich gemächlich durch die langen Schatten der Pappeln.

»Der Pfad ist steil, Sarah, und ich bin alt und gebrechlich«, sagte Lilly. »Wenn dir etwas zustößt, kann ich dir nicht viel helfen. Denk bitte daran.«

»Ich passe auf. Das verspreche ich dir.«

Lilly ging durch das Wacholdergesträuch zum Haus zurück, und Sarah stand mit ihren leeren Wasserschläuchen an der Kante der Mesa, ließ den Blick übers Tal schweifen und wartete auf Marischan. Nach einer Weile wurde sie unruhig. Sie beobachtete die blaue Eidechse, die ihr zuzwinkerte. Sie schwenkte einen leeren Wasserschlauch an der gelben Schärpe und rief laut: »Marischan Boresan!«

Sein Name echote über das Tal hin und her, und als er verhallte, war es wieder still.

Da hörte sie seine Stimme: »Ich sehe, du gehst wieder Wasser holen.«

Er erschien als feiner Lichtschimmer neben ihr auf der Kante der Mesa. Sie sahen einander an.

»Warum bist du verschwunden, als ich mit meiner Urgroßmutter sprach?« fragte sie ihn.

»Die Urgroßmutter hält mich für eine Einbildung. Sie hört meine Gedanken nicht, sieht mich nicht.«

»Hat dich schon einmal jemand anderer gesehen als ich?«

»Du bist das erste Menschenwesen, das mich sieht. Obwohl du ja nur einen Fuchs siehst.«

Warum Fuchs? überlegte sie bei sich, während sie die schimmernde Fuchsgestalt ansah. Vielleicht ist ein Fuchs gut zu denken, wie wilde Himbeeren gut zu essen sind.

Sein Versprechen fiel ihr wieder ein, und sie fragte: »Erzählst du mir jetzt von den verschiedenen Teilen meines Ich, die im Ei verborgen sind?«

»Ach ja, Gedanken in Dingen, die Seele dreimal rund. Ich erzähle es dir, während du Wasser holst.«

Sarah ging den Pfad hinunter und unterhielt sich dabei weiter mit Marischan, dessen Art der Fortbewegung darin bestand, daß er verblaßte und ein Stückchen weiter von neuem erschien. Einmal schwebte er unmittelbar neben ihrer Schulter, den Kopf bis fast auf die Pfoten gesenkt, und sah ihr geradewegs in die Augen. Seine merkwürdige Haltung machte ihr bewußt, daß er normalerweise aufrecht saß, die Hinterläufe unter dem Körper und die Vorderläufe senkrecht nebeneinander gestellt, außer wenn er mit einer Pfote etwas tat, zum Beispiel als er das Ei begutachtete. Man sah diesen Fuchs nie herumspringen, am Boden kriechen, sich einrollen, sich strecken, gehen oder laufen. Er saß.

»Oh!« sagte sie.

»Was ist ›Oh‹?« fragte er.

»Ich habe das Ei vergessen.«

»Du brauchst nur daran zu denken, daß es eine Schale hat, einen weißen Teil und eine Mitte.«

Sie kam an die Stelle, wo in den Felsenlöchern unter der Mesa die langschnäbeligen Wesen wohnten. Ein strohhalmartiger Schnabel kam daraus hervor und klopfte auf die Rinne unter seiner kleinen Höhle. Im Dunkel der Höhle sah sie ein zottiges kleines Gesicht mit dunklen kleinen Augen.

Marischan lugte in die Höhle hinein. »Sie sehnen sich nach Regen«, sagte er.

»Ja. Alles sehnt sich nach Regen. Sogar die Felsen.«

Sie folgte weiter dem Pfad bis auf den Talboden. Als sie durch das hohe Gras auf den Bach zuging, vorbei an den großen runden Steinen und zwischen den Bäumen mit weißen Rinden und vollkommenen Blättern hindurch, begann Marischan ihr die Sache mit den im Ei verborgenen Teilen ihres Ich zu erklären.

»Zum einen«, sagte er, »ist da das Außen-Ich, die Schale, dann das Wirbel-Ich, das ist das Weiße, und dann das Mitte-Ich, das ist der Dotter. Das Außen-Ich schützt die beiden anderen. Es macht aus Gedanken Wörter. Es hat ein Gesicht, ißt mit einem Löffel und zieht sich Kleider an – es will sein, was man seiner Meinung nach von ihm erwartet. Es versucht allen anderen gleich zu sein, so gut es nur kann. Es ist von deinen vielfältigen Ichs das einfachste.«

»Ich glaube, dann arbeitet mein Außen-Ich nicht richtig«, sagte sie. »Nichts ist einfach.«

»Du müßtest erst einmal dein Wirbel-Ich sehen, dann wüßtest du, wie einfach dein Außen-Ich ist.«

Sie kam an den Tümpel im Bach, nahm die gelbe Schärpe von der Schulter, legte sich aufs Ufer und schaute ins Wasser. Himmel und Bäume spiegelten sich darin, und dazwischen sah sie den Fisch in der Tiefe des Tümpels schwimmen. Marischan erschien neben ihr am Ufer und beobachtete den Fisch.

»Kann ich mein Wirbel-Ich sehen?« fragte sie und sah ihn an, gespannt auf seine Antwort, denn sie hatte dieses Ich im Verdacht, Urheber von bösen Gefühlen und Traurigkeit zu sein.

»Manchmal, im Traum«, sagte er, während er den Fisch beobachtete, der zwischen den Himmelsspiegelungen hin und her schwamm. Dann wurde Marischan wieder etwas undeutlich, weshalb sie ihn schärfer ansah.

»Das Wirbel-Ich steckt voller Kämpfe und Gefühle. Wenn das Wirbel-Ich voll Angst ist, verwandelt es unsere Gedanken in Steine. Und wenn es frei von Angst ist, gibt es uns Flügel. Aber das wichtigste an deinem Wirbel-Ich ist, daß es die Geschichte aus deinem Mitte-Ich erzählt.«

Sie drückte den Wasserschlauch in den Tümpel, bis die Öffnung eintauchte und das Wasser hineinzulaufen begann.
»Ist die Geschichte in meinem Mitte-Ich aus Wörtern gemacht?« fragte sie.
»Nein«, antwortete er. »So ist das nicht. Sie war schon da, bevor du die ersten Wörter hattest. Es ist eine sehr alte Geschichte, die unter all deinen Gedanken und Träumen verborgen liegt.«
Sie nahm den anderen Wasserschlauch und begann ihn zu füllen. »Woher kommt diese Geschichte?« fragte sie.
»In der Mitte des Mitte-Ich sitzt eine verwunschene Weberin und webt die Geschichte. Sobald sie fertig gewoben ist, steigt sie durch das Wirbel-Ich nach draußen, aber auf diesem Weg sind so viele schreckliche Abenteuer zu bestehen, daß sie ganz verbeult und verbogen bei deinem Außen-Ich ankommt und gar nicht mehr so aussieht wie zu ihrem Beginn.«
Sarah füllte den Wasserschlauch, steckte den Stöpsel hinein, schob sich die Schärpe über den Kopf und stand auf. Marischan verschwand, als sie sich auf den Rückweg zu den Felsen machte.
Sie stieg in der Abenddämmerung den Pfad hinauf. Als sie an den Felsen kam, in dem die kleinen Wesen wohnten, nahm sie einen ihrer Wasserschläuche und goß ein wenig Wasser in jede der Rinnen unter ihren Höhlen. Vorsichtig erschienen ihre schlanken Strohhalmschnäbel und schlürften das Wasser auf.
»Webt die verwunschene Weberin für jeden die gleiche Geschichte?« fragte Sarah.
Der Fuchs erschien genau über ihr auf der Kante der

Mesa. »Manches darin ist gleich, aber manches ist verschieden«, sagte er.
»Woher weiß ich, was davon gleich und was verschieden ist?«
»Das werden dir wahrscheinlich andere Leute sagen.«
Sie stieg auf die Mesa und sah über das dunkle Tal zu dem silbernen Bach, der sich durch die Pappeln schlängelte.
»Marischan?«
»Ja?«
»Da ich Wörter höre und Bilder sehe, wenn du Gedanken hast, sehe ich dich vielleicht nur als Fuchs, weil du denkst, du wärst ein Fuchs.«
»Vielleicht bin ich ja ein erfundener Fuchs und lebe nur in deinem Kopf.«
Und sie dachte: Lebst du in meinem Kopf oder ich in deinem?
Sie wartete, aber es kamen keine Worte für seine Gedanken. Der Fuchs hatte nichts zu sagen; er flimmerte nur.
»Du bist ein ulkiger Fuchs, Marischan.«
Sie blickten auf den silbernen Bach im dunklen Tal.
»Es ist sehr spät. Meine Urgroßmutter wird sich schon Sorgen machen, daß mir etwas zugestoßen ist.«
»Gute Nacht, Sarah.«
»Gute Nacht, Marischan.«

Auf dem Acker über dem Haus hockten drei dunkle Gestalten um den Wörterstein. Einer von ihnen riß ein großes Schwefelholz an, das aufflackerte, und sein

Schein beleuchtete die Gesichter von Krall, Graulenauge und Griffling, dem Schriftführer.
Griffling zündete eine dicke Kerze an und stellte sie vor den Stein, damit er die seltsamen Wörter, die darauf standen, sehen und abmalen konnte. Er hatte mit seiner Arbeit gerade erst begonnen, als sie Lillys ferne Stimme nach Sarah rufen hörten. Graulenauge blies die Kerze aus. Sie warteten eine kleine Weile, dann erhoben sie sich langsam, stellten sich auf die Zehenspitzen wie schwarzfüßige Frettchen und spähten über den Hügelkamm.
Rasch glitten sie durch das Heidegestrüpp den Hügel hinunter und am Brunnen vorbei zum Haus. Sie spähten durchs Fenster. Das Kind, dem die Verzerrungen des dicken Glases etwas Dämonisches gaben, berichtete gerade seiner Urgroßmutter, was es erlebt und was der Fuchs gesagt hatte. Ihre Hände tanzten im gelben Schein der Laterne zu ihren Worten.
Graulenauge beobachtete. Krall, das Ohr an die Wand gedrückt, bekam vereinzelte Silben, Wörter, Sätze aus der Erzählung des Kindes mit. Dann schlichen sie, dichten Schatten gleich, wieder fort vom Haus und gingen stumm über den Hof zum Schuppen, wo Griffling seine Kerze anzündete, sein großes Hauptbuch aufklappte und Sarahs Bericht an ihre Urgroßmutter so niederschrieb, wie Kralls überdrehtes Gehirn ihn mitbekommen hatte. »Sie hat von einem Fuchs gesprochen, Markan Bordan, der Menschenseelen in Hühnereiern fängt. Sie haben ein Ei geöffnet und eine Seele in drei Teilen herausgezogen.

Ein Teil wurde mit dem Löffel gefüttert.
Ein Teil war voller Angst.
Der letzte war blind und ... hatte
.. keinen Verstand.«

Sie sahen einander im flackernden Kerzenschein mit großen, glasigen Augen an. Und als es ihren Gemütern schon zuviel wurde, kam auch noch ein großes, haariges Wesen mit krummen Hörnern in den Lichtschein gesprungen. Krall und Graulenauge flüchteten zurück in die Dunkelheit. Die neugierige Ziege warf mit gehässigem Blick den Kopf hin und her. Griffling trat die Kerze um. Sie flackerte noch einmal kurz auf, dann entfernten sich eilig trappelnde Schritte über den nachtschwarzen Acker.

Lilly küßte Sarah, die in tiefem Traum lag.
Die smaragdgrüne Forelle schwamm durchs Dunkel des tiefen Tümpels. Als das riesenmäulige Ungeheuer ins Wasser platschte, zuckte die Forelle kurz und verschwand wie ein grüner Blitz.
Dichter Nebeldunst stieg über dem Bach auf und wehte durch das bunte Laub des Waldes.
Und aus dem Nebel regnete Traumregen.

9

Tanz grüner Eidechsen

Im frühen Morgengrauen ritten die Dreisamen durch die Bäume, die aufgerollten Peitschen über den Schultern, die Bücher bereit. Ihre Mienen waren hart und starr, was von der Angst kam, die sich unter ihrer Entschlossenheit verbarg. Weiches Dämmerlicht schimmerte unruhig auf ihren vielen Spiegeln. Hart und laut klangen die Hufe ihrer Pferde auf der trockenen Straße. Ein Stück hinter ihnen war noch ein Pferd zu hören, ein langes, dunkles Pferd, im Damensattel geritten von der Echsenfrau mit ihrem Turban. In ihren Augen blitzten Vorsatz und Erwartung.

Ziege Silas schaute blinzelnd über den Hof. Es blinzelten die Hühner, und es zwinkerte die blaue Eidechse. Sarah schlug die Augen auf, und Lilly zündete das Feuer an, um Korn für die Grütze zu kochen.

Unter hellblauem Himmel ging Sarah auf die Suche nach gesprenkelten Eiern, fand unterm Heidegestrüpp erneut einen fast runden roten Stein, streute den Hühnern ihre Körner hin, sah in den Brunnen und ging zum Schuppen, um die Ziegen zu melken. Die Ziegen rieben ihre Köpfe an ihr und schubsten sie. Plötzlich hörten sie auf zu schubsen. Sie sahen zum Acker hinaus, aber da war nichts zu hören, niemand kam.
Sarah melkte Ziege Silas. Milchstrahlen spritzten in den Eimer. Die Katzen warteten, die Kätzchen miauten. Sarah zielte, schoß Milch nach den Katzen und vergaß, was unter hellblauem Himmel nicht über den Acker kam. Sie trug die Milch ins Haus.
Die alte Frau und das Kind aßen ihre Grütze. Sarah lächelte Lilly an, die zurücklächelte, wobei ihr Blick fragte: Was gibt es für dich zu lächeln?
Sarah streckte die geschlossene Hand aus und wartete, daß ihre Urgroßmutter ebenfalls die Hand ausstreckte, dann legte sie den roten Stein in den brüchigen Kelch ihrer knorrigen Finger. Die gebrechliche alte Frau gab einen wunderlichen Ton von sich, der ein Lachen war, dann ließ sie den Stein langsam und umständlich zu den anderen ins Glas fallen. Sarah betrachtete die kleinen weißen Blumen in dem Glas. Sie waren neu und frisch. Sie trank ihre Milch und musterte ihre Urgroßmutter.
»Langvergangene Menschen besaßen diese roten Steine«, sagte Lilly.
»Gelbe Seefahrer?« fragte Sarah.
»Ich glaube, ja.«
Sarah ging mit den Wasserschläuchen über der Schul-

ter zur Mesa hinunter. Sie war ganz in Gedanken und merkte nicht, daß sich hinter ihr, auf dem Acker über dem Haus, lauter kleine Lichtblitze über den Horizont bewegten.

Unten schlängelte sich der Bach durch sanftgrünes Gehölz. Die Wipfel der Pappeln schimmerten zartgrün in der Sonne, fast weiß vor dem dunklen Unterholz. Und nah am Bach grasten die Rehe, die sie geleckt hatten.

Marischan erschien neben ihr als ein schwacher, rötlicher Schimmer, der immer kräftiger wurde, bis er fast ein vollständiger Fuchs war.

»Ist der Bach so ähnlich wie eine Schlange?« fragte er.

»Manchmal vielleicht«, antwortete sie. »Aber eine Schlange kann Gedanken denken.«

»Woher weißt du, daß eine Schlange Gedanken haben kann?«

Sie dachte darüber nach und sagte dann: »Eine Schlange weiß, wohin sie will, und sie kann sich erinnern.«

»Weiß der Bach nicht, wohin er will, und kann er sich nicht erinnern?« fragte er.

Nachdem sie eine Weile nachgedacht hatte, sagte sie: »Manchmal habe ich nicht die richtigen Wörter, um meine Gedanken auszusprechen.«

Marischan fand das natürlich auch. »Wenn Gedanken tanzende grüne Eidechsen wären, dann wären Wörter Schatten.«

»Ja. Genau wie Schatten, denn Wörter sind nicht lebendig, wohl aber Gedanken. Ist es nicht so, Marischan?«

»Doch, so ist es.«

»Und der Bach ist wie eine Schlange, weil sie beide wie Gedanken sind«, sagte Sarah.
Marischan war nicht sicher, ob er das verstand. »Wie sollen der Bach und eine Schlange wie Gedanken sein?« fragte er.
»Weil sie sich bewegen können, ohne ihre Gestalt zu verändern.«
»Ja ... genau wie ein Gedanke.« Er freute sich und zeigte das, indem er flimmerte.
Sarah lächelte ihn an und machte sich auf den Weg durch die Felsen. Marischan verblaßte einfach.
Hoch oben kreiste ein leuchtendblauer Falke, ritt auf den morgendlichen Aufwinden, die von den Felsen emporstiegen.
Der Falke sah Sarah den gewundenen Pfad hinuntergehen. Er drehte ab und schoß zu den Bäumen am Bach hinunter, jagte durch das weiße Licht der Baumwipfel in das sanfte dunkle Grün, segelte den Bach entlang, schoß zwischen den Bäumen empor, stieg höher und höher und begann wieder über den Felsen zu kreisen.
Einen Augenblick hatte Sarah das Gefühl, daß die Welt sich wirbelnd um sie drehte. Sie hielt am Fuß der Felsen inne, setzte sich und hielt sich die Augen zu. Sie rief den Fuchs. »Marischan? Marischan! Was ist hier los?«
Hoch oben über den Felsen fühlte sie die Wirbel und Stöße aufsteigender Luft unter Schwingen. Weit, weit unten sah sie ein Mädchen am Fuß der Felsen sitzen, die Hände vor den Augen. Sie wußte, daß sie sich selbst sah, wie der Falke sie sah. Die Höhe erstaunte sie.
Mit des Falken Augen stürzte sie erdwärts, tiefer und

tiefer hinunter durch ihre eigene Furcht, vorbei an ihrer Angst und hinein in das schiere, totale Entsetzen. Sie stürzte in das weiße Laub, durch die dunklen Bäume, und schoß wieder ins Freie, hinweg über die scharfen Splitter des von dem brennenden Bach heraufzuckenden Lichts.

Der Falke flog im Zickzack an grünen Blättern und dunklen Zweigen vorbei, die am Bachufer aus dem Unterholz sprangen. Sarah fühlte das Brausen und Rauschen der Luft an ihrem Falkenkörper.

Sie fühlte, was der Falke fühlte, aber sie dachte nicht, was er dachte. Sie hatte keinen Einfluß auf das Geschehen und konnte nicht wissen, was er als nächstes täte.

Sie wußte, daß ihr der Fuchs diesen Streich spielte, und rief nach ihm. »Maaarischaaaan!« Der Name des Fuchses trug weit über das Tal und hallte von den Felsen zurück.

Dann war sie still. Sie nahm die Hände von den Augen und sah auf. Sie bebte am ganzen Leib und fror. Sie schaute sich nach dem Fuchs um, und zögernd erschien er, saß vor ihr auf dem Pfad. So groß war sein Zögern, daß sie ihn kaum sah.

»Was hast du getan, Marischan?«

»Ich habe dir gezeigt, was der Falke sieht. Hat es dir gefallen?«

»Manches ja«, sagte sie, aber sie bebte immer noch.

»Was hat dir nicht gefallen?« fragte er.

»Daß ich Angst hatte.«

»Aber«, wandte er ein, um Verstehen bemüht, »aber den Falken hat es nicht geängstigt.«

»Nun ja, ich war eben noch nie ein Falke. Daran muß man sich erst einmal gewöhnen.« Sie mißtraute dem

Fuchs ein wenig und versuchte immer noch zu verstehen, was sie erlebt hatte. »Es war schön, ein Falke zu sein, sehr schön, aber ich wollte gern wissen, was er dachte und was er vorhatte.«
»Möchtest du eine Blume sein?« fragte er, denn er wollte es gern wiedergutmachen. »Ich kann dich lehren, alles zu sein, was eine Blume ausmacht, mit Gedanken und allem.«
»Was für eine Blume wäre ich denn?«
»Jede, die du sein möchtest. Such dir eine aus, und ich zeige dir, wie du die Blume sein kannst.«
Sie war ganz still und nachdenklich geworden. Sie sah den Fuchs an. Was er getan hatte, erschien ihr überaus gefährlich. Und es war ja auch höchst außergewöhnlich. Sie fragte sich, wie anders es wohl wäre, eine Blume zu sein.
Der Weg zum Bach führte Sarah von Blume zu Blume, und sie sah eine jede forschend an und überlegte, welche sie wohl am liebsten wäre. Sie entdeckte an den Blumen lauter kleine Einzelheiten, die ihr noch nie aufgefallen waren – sah Blumen, die sie noch nie gesehen hatte.
Was sie nicht sah, waren im nahen Wäldchen die Rehe, die sie abgeleckt hatten. Sie standen ganz still mit erhobenen Köpfen und beäugten die Mesa hoch oben.

Vier Gestalten standen geduckt auf der Mesa, dunkle Gestalten vor gelbem Himmel. Wie eine schwarze Flamme zuckte die Echsenfrau von der Kante zurück und riß Krall, Graulenauge und Griffling in ihrem

Sog mit sich. Sie drängten sich um sie, warfen noch einmal einen Blick zurück, um sich zu vergewissern, daß sie gut versteckt waren vor dem unheilbringenden Kind da unten im Tal, und wandten sich dann den gleißenden Augen unter dem Echsenhautturban zu. Die Stimme der Frau klang merkwürdig hoch – ein Singsang, der ihre Worte in der Luft schweben ließ.
»Ich muß unbedingt alles wissen, was Ihr gesehen habt und welche Bedeutung Ihr darin seht. Berichtet mir jetzt, was es mit dem Löffel auf sich hatte:

Der Fuchs
löffelte
die Seele
aus einem Ei.

Ist das so richtig?«
Krall sah sie aufmerksam an, um ihre Worte richtig zu verstehen. Er warf einen Blick zu Griffling und zeigte auf das Hauptbuch. Sie steckten über dem Buch die Köpfe zusammen und versuchten Grifflings Schrift zu entziffern, die sich in einem Tintenklecks verlor – Ziege Silas' Werk. Krall sah Griffling fest in die Augen und zischelte rauh durch zusammengebissene Zähne.
»Was heißt das, Griffling?«
»Es heißt ›löffelte‹. Ja.«
Krall bedachte Griffling mit einem drohendem Blick zwischen Ungläubigkeit und Verachtung, drehte sich dann um und nickte der Echsenfrau bedächtig zu. »Ja. Löffelte die Seele aus einem Ei.«
»Ihr wißt die Worte nicht mit völliger Sicherheit?« fragte sie in ihrem Singsang.

Ihr Blick ging von Krall zu Griffling, der bei seiner Antwort vor Aufregung über die eigenen Worte stolperte: »Ein furchtbares Wesen mit krummen Hörnern kam aus dem Dunkel der schwarzen Nacht und – machte einen Klecks auf das Blatt, als ich gerade diese Worte niederschrieb, Hochwerte Dame. Ich bin vor Schreck in Ohnmacht gefallen. Hier, seht selbst.«
Er drehte das Hauptbuch, um ihr den Tintenklecks zu zeigen, und bekräftigte seine Beteuerungen mit eifrigem Kopfnicken.
Sie wandte sich mit zweifelndem Blick an Krall. »In Eurem Bericht an den Rat habt Ihr von einem furchtbaren Wesen mit krummen Hörnern nichts erwähnt.«
Graulenauge wollte schon etwas sagen, doch Krall kam ihm zuvor und antwortete für beide: »Es muß uns so erschreckt haben, daß wir uns gar nicht mehr erinnern.«
Graulenauge warf Krall einen merkwürdigen Blick zu, die Augen zusammengekniffen, denn er glaubte kein Wort, biß sich jedoch auf die Zunge – klemmte ihre Spitze so zwischen den Zähnen ein, als hätte sie einen Fluchtversuch unternommen. Die gleißenden Augen der Echsenfrau sahen davon aber nichts. Sie starrten ins Leere. »Dies ist nämlich von größter Bedeutung.«

Weit unten im Tal betrachteten Sarah und Marischan eine Blume mit dicken gelben Blütenblättern, die nach innen weißlich wurden und kleine blaue Tüpfel hatten. »Die möchte ich sein«, sagte sie zu dem Fuchs.

»Dann bleib jetzt ganz still stehen«, befahl er ihr. »Denk an gar nichts, dann lasse ich dich in die Blume hineinsehen, und wenn du erst siehst, wirst du wissen, ob du sein möchtest, was du siehst, und zugleich wirst du auch wissen, wie du werden kannst, was du siehst.«
»Woher weiß ich das?«
»Du wirst es aus der Mitte deiner Mitte wissen.«
»Werde ich denn auch wiederkommen?« fragte sie, denn sie war sich nicht sicher, ob er wußte, was er tat.
»Sei unbesorgt.«
Sarah machte sich bereit. Still stand sie vor der Blume.
»Ach ja, du mußt die Augen schließen«, sagte der Fuchs.
Sie schloß die Augen und begann ihre Reise in die Mitte der Mitte der Blume. Sie hörte neue Geräusche und sah Bilder und Muster, die sie noch nie zuvor gesehen hatte. Sie schien alle Teile der Blume zu durchwandern und sah ihre kleinsten Teile wachsen. Sie sah, wie die Blätter Sonnenlicht in einen grünen Strom verwandelten, der durch Adern floß, sah die Wurzeln sich durch die Erde strecken und Wasser für die Blätter holen, sah die Blütenblätter sich öffnen und schließen. Die kleinsten Teile wuchsen und veränderten sich und offenbarten ihren Daseinszweck.
Nach langem Warten fragte Marischan: »Nun? Weißt du jetzt, was du tun mußt?«
Sarah deutete ein Nicken nur an, denn sie stand ja ganz still. Jetzt waren die Dinge, die sie sah, von anderer Art. Sie sank durch einen Strudel von Bildern und Gefühlen, die alle ihre eigenen waren: ihre Mutter, der große Horatio, der Brunnen, verrottete Säcke im Staub, Wuselschalk, Haargetüm Lumpenbalg, Ziege

Silas, die beharrliche Sonne, Urgroßmutters Traumschlange, drei kleine Puppen, der breitschultrige Mann mit dem Eis, Tiermasken an Stäben, das Begräbnis eines Lieblingskätzchens, ein rauchiger Sonnenuntergang, rote runde Steine, kleine gemalte Menschen am Wagen des Regenmachers, Eiswassertropfen auf ihrer Schatzkiste, der kleine Fuchs in Henderswil, Aesa beim Kopfwaschen, Urgroßmutter im Schlaf, eine geträumte Fischkatze, die sich mit einem Fischkatzenlächeln im tiefen Blau des tiefblauen Tümpels auflöste. Das blaue Blau verlief zu einem roten Rot und verwandelte sich in ein sattes Buttergelb.

Sarah stand zwar noch, war aber in einen sehr tiefen Schlaf gesunken. Sie ließ ihren Körper hinter sich und wurde zur Blume.

Dabei bemerkte sie als erstes, daß die Sonne sie überall juckte, besonders an den Blütenblättern und deren Ansätzen. Alle ihre Teile veränderten sich schnell – wurden neu und fast im selben Augenblick schon wieder alt –, so daß sie sich nur noch schwer daran erinnern konnte, wer sie überhaupt war. Die Luft berührte sie an sehr viel mehr Stellen als je zuvor, und sie hatte unablässig Durst, weil aus ihren Blättern und Blüten soviel Wasser verdunstete. Sie begriff, daß Pflanzen ununterbrochen an die Dürre dachten.

Ein sanfter Wind wiegte das Gras und die Sarah-Blume. Nicht weit von ihr grasten die Rehe, die sie abgeleckt hatten. Sie kamen näher und näher. Eine Ricke roch die reglos dastehende Sarah, fand nichts an ihr und graste weiter. Äsend kam sie der Blume, die Sarah war, immer näher. Schließlich war ihre Nase ganz dicht an der Blume, die Sarah war. Die Ricke wunderte

sich. Sie beschnupperte die Blume, machte große Augen und gab ein lautes Schnauben von sich.
Die Blume, die Sarah war, erkannte, daß ihr Unbill drohte. Die Welt um sie herum verschwamm und begann zu summen, und schnell verließ Sarah die Blume und wurde wieder sie selbst.
Erschrocken öffnete sie die Augen und schrie die Ricke an: »Untersteh dich nicht, diese Blume zu fressen!«
Die Ricke sprang mit einem Satz über die Blume und rannte durchs Gras zu den Bäumen.
Marischan sah der davonspringenden Ricke nach. »Nächstes Mal«, sagte er, »solltest du lieber etwas nicht so Schmackhaftes sein wollen.« Er beschnupperte sie. »Es ist etwas weniger von dir da als vorher. Ein kleiner Teil von dir ist in der Blume geblieben.«
»Ist es ein Teil, den ich brauche?«
»Es ist eigentlich nur etwas von deinem Duft. Kaum der Rede wert. Davon wirst du immer mehr haben, als du hergeben kannst.«
Und wirklich konnten sie bei näherer Untersuchung der Blume feststellen, daß diese etwas von Sarahs Duft oder Geschmack angenommen hatte.
»An den Enden der Blütenblätter waren so etwas wie Gedanken, Marischan. Ich konnte sie sehen.«
»Richtig, sie machen die Blume zur Blume – nicht Fisch, nicht Baum, nicht Käfer. Nur Blume.«
»Es ist schon ein bißchen unheimlich, etwas anderes zu sein, Marischan, aber es war wunder...«
Vom anderen Bachufer rief ein Mann. Kläffende Hunde waren hinter ihm her.

10

Der Fluss unter der Erde

Der Mann lief am Bachufer entlang. Er hatte Fallen bei sich und die wutschäumenden Hunde auf den Fersen. Jetzt sprang er in den Bach, fiel vornüber, kam wieder auf die Beine und torkelte herüber. Die Fallen wurden dem Bach zur Beute, doch die Hunde blieben am Ufer stehen. Bellend rannten sie auf und ab, bis sie eine Stelle fanden, wo sie den Bach überqueren konnten.

Mit großen Sätzen kamen sie durchs hohe Gras gesprungen. Immer wieder schienen sie für Augenblicke in der Luft zu schweben, die Ohren aufgespannt wie Segel, während ihre Augen den Flüchtenden suchten, dann tauchten sie kläffend und japsend wieder ins Gras.

Der Mann fand eine kräftige Espe, schwang sich hinauf und brachte sich atemlos in Sicherheit. Die Hunde entdeckten ihn bald. Sie versuchten am Stamm hochzuspringen, wobei sie tiefe Wunden in die mehlweiße

Haut kratzten. Sie knurrten und kläfften und schnappten. Der nasse Mann klammerte sich an den Stamm, gerade außer Reichweite ihrer großen Zähne.
Jetzt sah er Sarah unten im Dickicht stehen und mit großen Augen zu ihm herübersehen. Die tobenden Hunde kläfften und sabberten und bemerkten sie nicht.
Er wußte, wie wenig es nützte, einem Kind seine Umstände darzulegen, aber er war von Sinnen vor Angst. »Ich bin nur ein alter Viehdieb«, keuchte er, »der seine Enkel ernähren muß, und seine alte Frau. Der Besitzer dieses Waldes hat seine Hunde auf mich gehetzt. Er trachtet mir nach dem Leben. Bitte, Mädchen, lauf Hilfe holen.«
Sarah war selbst zutiefst erschrocken, und Marischan war natürlich nirgends zu sehen, aber sie hatte Mitleid mit dem Viehdieb und war zornig auf die kläffenden Hunde. Sie richtete sich auf und rief laut: »Böse Hunde! Böse Hunde! Haut ab, ihr bösen Hunde!«
Die Hunde sahen sich verdutzt nach ihr um. Ihre sonderbaren Gesichter kräuselten sich bis zu den Ohren und wurden ganz bleich. Ihre Beine klappten langsam unter ihren Körpern ein, während aus ihren Augen der letzte blasse Rest von Farbe wich. Sie erbebten, wurden über und über flockig, erhoben sich vom Boden und schwebten durch die Bäume davon. Sie waren nur noch kleine weiße Wolken.
Sarah wunderte sich sehr. Dem Viehdieb standen die Haare zu Berge. Stumm blickten beide den Wolkenhunden nach, wie sie in den Himmel entschwebten.
Bleich und zitternd ließ sich der Viehdieb vom Baum fallen. Noch einmal schaute er zu den schwindenden

Wolkenhunden empor, wimmerte leise und machte sich, ein banges Schrittchen ums andere, ganz langsam davon. Erst als er schon etliche Schritte zwischen sich und das Kind mit den furchtbaren Zauberkräften gelegt hatte, faßten seine Beine wieder Mut. Er rannte, rannte so schnell ihn seine Füße trugen – durch Wald und Brombeergestrüpp, durch Dickicht und Felsen und – Krall genau in die Arme.
Krall riß ihn zu Boden, doch er wehrte sich. Er wollte entfliehen, aber schon saßen Krall, Graulenauge und Griffling auf ihm und machten ihm das Fliehen schwer. Wie ein aufgespießter Käfer lag er auf dem Boden und rührte sich nicht mehr.
Die Echsenfrau beugte sich über ihn und sah ihm in die Augen. Ihr merkwürdiger Singsang nahm ihm den letzten Verstand. »Sag uns, guter Mann, was ist denn? Was ängstigt dich so?«

Unter der Espe sah das erstaunte Kind den Wolkenhunden nach, wie sie sich über ihr in der Luft auflösten. »Die Hunde sind fort, Marischan. Du hast den armen Mann vor den bösen Hunden gerettet.«
»Das war nicht ich«, sagte er in seltsam erregtem, abwesendem Ton.
»Ich weiß, daß du es warst. Das mußt du gewesen sein.«
»Was für ein schöner Baum, findest du nicht auch?« sagte Marischan, der die merkwürdige Begebenheit mit den Wolkenhunden anscheinend schon vergessen hatte.

Sarah sah die Espe an, dann wieder den Fuchs. »Ja«, sagte sie, »das ist ein schöner Baum, aber...« Sie wunderte sich. Warum behauptete er, er habe mit der Rettung des Viehdiebs nichts zu tun gehabt?
Der Fuchs sah unverwandt den Baum an, den Kopf schiefgelegt, fast als lauschte er fernen Tönen.
»Ich sollte wohl jetzt einmal meine Wasserschläuche füllen«, sagte Sarah. »Der Garten wird bald Durst bekommen.«
»Ja, ja. Dann laß uns gehen.« Und Marischan flimmerte und schimmerte und verblaßte. Sarah sah ihn verschwinden und wunderte sich weiter.
Die grüngesprenkelte Forelle sah den Fuchs über dem Bach wiedererscheinen, und der Fuchs beobachtete die Forelle, während das Ungeheuer aus Ziegenhaut in den Tümpel eintauchte, das Maul weit aufgerissen und bereit, nach grüngesprenkelten Forellen zu schnappen. Das dachte die Forelle. Sie zuckte kurz und schoß durch die Licht- und Schattenmuster davon.
»Wenn du ein Baum bist, mußt du bedenken, daß Baumzeit ganz anders ist als Menschenzeit«, belehrte sie der Fuchs.
Sarah tauchte den anderen Wasserschlauch zum Füllen in den Tümpel. Sie sah zu Marischan auf. »Ein Baum?« Sie drückte den Stöpsel in den Wasserschlauch und stand auf. »Wenn ich einmal ein Baum sein soll, möchte ich diese Espe sein, auf die der Viehdieb gestiegen ist.«
»Dachte ich mir«, sagte der Fuchs.
Die Espe war der schönste Baum im Wald. Ihr blaßgrünes Laub warf das Sonnenlicht in endlosen Mustern über die dunklen Schatten der schaurigen Föhren.

Sarah und Marischan beobachteten von unten diesen Tanz von Laub und Licht. »Auf welche Weise ist Baumzeit anders?« fragte sie.
»Sie ist stark gedehnt.«
»Geht das auch gut aus?«
»Ja, aber bleib nicht zu lange.«
»Hm, und was wird, wenn ich zu lange bleibe, und wie lange ist zu lange, und woher weiß ich es?«
Er sah zu den Bergen und der Sonne. Er blinzelte. »Ich komme dich holen, bevor die Sonne die Berge berührt. So wird es am besten sein.« Sie sah ihn eingehend an, zweifelnd, ob sie ihm trauen konnte.
»Es wird gutgehen«, sagte er. »Das verspreche ich dir – bevor die Sonne die Berge berührt. Jetzt schließ die Augen.«
Sie wollte so gern dieser Baum sein. Sie sah den Fuchs an. Er zuckte einmal ungeduldig mit dem Schwanz und legte den Kopf schief. Endlich entschied sie sich, nickte und schloß die Augen.
Mit des Fuchses Hilfe begann sie die Geheimnisse der Espe zu erkunden. Marischans Gedanken wanden sich um den Stamm, schoben sich an einem Ast entlang und fanden einen Vogel auf Käferjagd. Sie sahen, wie kunstvoll die Blätter an den Zweigen saßen, damit sie flimmern konnten, wenn ein Wind ging.
Sarah verhielt sich ganz still. Sie wartete. Ihr feines Lächeln wartete. Nun erschienen ihre eigenen Bilder, während sie durch die Mühen und Wirren ihres Lebens hinuntersank: Sonnenlicht traf auf das Wasser und flog den Bach entlang, leuchtete unter den Uferböschungen, um die grüngesprenkelte Forelle zu entdecken, die sich zwischen schwarzen Wurzeln verbor-

gen hielt und wartete. Sie wartete, daß ihr Mahl vorbeikäme: kleine gelbe Schnecken, fliegende Ameisen, Grashüpfer und wilde rote Himbeeren. Lillys knorrige Hände drückten ein Messer in eine blutrote Bete, Horatio blickte sich um und schüttelte den Kopf, ein Kätzchen spazierte über Horatios breiten, regennassen Rücken, ein kleiner roter Fuchs rannte durchs Unterholz, Lilly säte Weizen am Horizont und sang ein Lied, während Ziege Silas und Ziege Martha mit den Köpfen zusammenstießen, und Lilly schlief, zu einem Ball zusammengerollt. Der Mann vor dem Eiswagen schlug einen anderen Mann mit harter Faust und schickte ihn zu Boden. Das Skelett eines uralten Fisches schwamm an der Felswand entlang, die Fischkatze lächelte und segelte durch helle Luftperlen, die zwischen Lichtstrahlen aufstiegen, und eine Tiermaske zur Abwehr des Bösen segelte hinter ihr drein. Aesa wusch seine erdschwarzen Füße in einer weißen Schüssel, und die grüngesprenkelte Forelle löste sich im Tiefblau des Tümpels auf. Das blaue Blau verlief zu einem roten Rot und verwandelte sich in Buttergelb.
Als sie fühlte, daß der rechte Augenblick gekommen war, verließ sie ihren Körper und strahlte in den Baum aus, damit sie sähe, was der Baum sah, und wüßte, was der Baum wußte.
Sie begann tief unten in der Erde, an den Enden der unersättlichen Wurzeln, die sich durchs Erdreich streckten und Wasser und anderes suchten, was Bäume brauchten, um noch mehr Baum zu werden. Sie roch Eisen und Kupfer und andere im Boden versteckte Geheimnisse. Aber ganz in der Nähe war noch etwas – der Geruch eines anderen Baumes. Und er

schien von einem auf den anderen Augenblick anders zu riechen.
Die Gerüche stiegen auf und nieder und durchdrangen einander – fast wie Gesang. Sie begriff, daß der Baum zu ihr sprach. Die verschiedenen Gerüche waren seine Worte. Es waren vereinzelte Wörter, andere aber taten sich zusammen und veränderten sich auf allerlei Weise, um Gedanken zu bilden. Der andere Baum erzählte ihr, daß etwas Fernes nahte oder etwas Nahes sich entfernte, da war sie sich nicht ganz sicher. Um hinauszusehen, mußte sie ihren Weg aus den Wurzeln in den Stamm finden, dann unter der Rinde in die Äste hinaufgleiten und in die Blätter gelangen, die das Licht einfingen und sie vorübergehend blendeten.
Und es geschah etwas ganz anderes: Als Baum sah sie eine rasende Welt. Heftig schüttelten sich ihre Äste im Wind, und ihre Blätter zitterten so schnell, daß sie nur noch ein Lichtgeflirre um die Äste waren.
Auf der Wiese sah sie die Rehe. Ihre Leiber waren reglos, ihre Köpfe aber schienen sich so schnell zu bewegen, daß sie nur noch dunkle Kleckse waren, die über dem Gras schwebten. Dann flogen in der Kürze eines Wimpernschlags ihre Köpfe hoch, jedoch nach hinten gedreht, und blickten starr wie Standbilder über ihre Rücken. Sie sahen zu der Stelle, wo der Viehdieb in den Wald gerannt war. Die Rehe schnaubten.
Ein seltsames Wandelgeschöpf erschien aus dem Gehölz – eine große tanzende Spinne, die sich dehnte und in fünf einzelne Kreiselbewegungen auseinanderbrach. Aber die Welt begann aus Sarahs Blick zu schwinden. Sie wurde heller und heller, bis nur noch

ein blaßgelbes Licht und ein feiner Nebel von zitternden silbergrünen Blättern übrig war.
Plötzlich fühlte Sarah einen Donner krachen. Sie landete hart auf ihrem Hinterteil auf der Erde, Mund offen und Augen offen. Sie sah in die Espe hinauf. Der Baum schwelte. Etwas Rauchähnliches entstieg seinen Ästen, seine Blätter aber waren still, und die Luft war stumm.
Marischan saß neben ihr. Er hielt den Kopf zur Seite geneigt und die Ohren nach vorn gespitzt.
»Was war das, Marischan?«
»Ich weiß es nicht.«
Er schaute unverwandt zu einer Stelle im obersten Baumwipfel, wo in den höchsten Ästen, durch den Rauch kaum zu sehen, etwas Goldgelbes erschienen war: ein kleiner Mann – ein sehr alter, sehr gelber kleiner Mann, der durch Laub und Rauch zu ihnen heruntersah.
Sarah bewegte den Kopf ein wenig, um bessere Sicht zu haben. Dann riß sie weit die Augen auf. »Gelb wie Butterblumen«, flüsterte sie.
»Gelb wie Butterblumen?« echote Marischan.
Sarah beugte sich über ihn und flüsterte: »Urgroßmutter Lilly hat mir von langvergangenen Menschen erzählt, die Gelbe Seefahrer hießen. Sie sagt, sie waren gelb wie Butterblumen. Meinst du, das könnte ein Gelber Seefahrer sein?«
Marischan sah kurz zu dem kleinen Mann hinauf, dann zu Sarah. »Was ist ein Seefahrer?«
»Ein Seefahrer fährt mit einem Schiff übers Wasser. Weißt du das nicht?«
»In einem Schiff?« fragte der verwirrte Fuchs.

»Du weißt nicht, was ein Schiff ist? Menschen bauen Schiffe aus Holz und spannen große Tücher auf, damit der Wind sie übers Wasser bläst.«
»Wirklich?« fragte der Fuchs, verblüffter denn je.
»Ja. Und so sind die Gelben Seefahrer gekommen.«
Hoch oben kauerte der kleine Mann auf einem Ast und beobachtete sie. Gebannt lauschte er Sarahs Flüstern.
»Auf unserm Acker liegt ein Gelber Seefahrer begraben, und auf seinem Grabstein steht eine sonderbare Schrift.«
Sie hielt inne und sah zu dem kleinen Mann im Baum hinauf. Da fiel ihr noch etwas ein. »Und weißt du, was noch? Sie hatten kleine, rote runde Steine für irgendeinen Zweck, die haben wir in das Glas zu den weißen Blumen getan.«
Der kleine Mann begann sich hin und her zu wiegen. Dann gab er ein eigenartiges, summendes Schnalzen von sich und rief: »Johoooo, joho oheeee.«
»Er redet sehr merkwürdig«, raunte Sarah dem Fuchs zu.
Der kleine Mann zeigte zu den fernen Bergen. »Vor langen Zeiten säten wir das Weiß vieler kleiner Blumen auf die Berggipfel.«
»Dann bist du ein Gelber Seefahrer«, sagte sie. »Hast etwa du den armen Mann vor den bösen Hunden gerettet?«
»Ach ja, die Armut des Mannes hab ich gerettet vor der Hunde Bosheit. Aber versteh mich recht: Menschen bedeuten mir keinen Apfelstrunk. Ich habe nur die Hunde fortgescheucht, weil sie meinem schönen Baum die Haut zerkratzten.«

»Wohnst du in diesem Baum?«
»Meine alte Seele wohnt in diesem Baum seit langer Zeit, lang sogar nach Baumzeit – lange Zeit.«
»Warst du mit mir zusammen in dem Baum?« fragte sie.
»Mein Baum! Rausgeschmissen hab ich dich.« Er gackerte. »Nur noch in diesem Baum kann ich sein. Vor vielen Langvergangenheiten haben die bleichen Menschen mich hier getötet«, sagte er, indem er zu Boden zeigte. »Seitdem bin ich hier.« Er zeigte auf seinen Baum. »Ich wohne hier. Mein Baum!«
»Warum haben sie dich getötet?«
»Ihre Furcht hat unsere Körper getötet, da sind unsere Seelen in die Bäume gegangen.« Er wies mit ausgestrecktem Arm zu den Bäumen.
Sarah war aufs höchste erstaunt. Sie sah zu Marischan, dann wieder zu dem kleinen Mann. »Liegt einer von euch auf unserm Acker begraben, unter dem Stein, auf dem eine Schrift steht?«
»Niemand liegt auf dem Acker begraben. Auf dem Acker hat Urgroßvater einen Platz bereitet für den Geist des Flusses, der unter der Erde fließt. Er hat geheime Wörter geschrieben und schöne rote Steine daraufgelegt. Der Zauber der roten Steine ließ den Geist sprechen. ›Geheimnisvolle Frau tief im Erdreich‹ hat er den Geist genannt.«
»Was hat die Frau gesprochen?«
»Sie hat Urgroßvater gesagt, wann es Zeit war, die Saat in die Erde zu tun.«
»Aber woher wußte sie, wann es Zeit war, die Saat in die Erde zu tun?«
»Sie kennt den Regen.«

Plötzlich stellte der kleine Mann sich auf die Zehenspitzen und blickte weit über die Wiese hinaus, dann duckte er sich wieder und raunte Sarah und Marischan zu: »Da kommen Leute mit dem Mann, der vor bösen Hunden gerettet wurde.«
Ein leichtes Zittern ging durch die Blätter. Für einen Augenblick wurde der kleine Mann zu einem bloßen Schemen im zitternden Laub, dann war er verschwunden.
Sarah streckte sich von der Nase bis zu den Zehenspitzen und spähte durchs Dickicht. Sie kamen geradewegs auf sie zu: die Echsenfrau, Krall, Graulenauge, Griffling und der Viehdieb, alle voll in Anspruch genommen von ihrer Welt aus Kletten, Ranken und Dornen. Sarah blickte sich nach Marischan um und sah ihn aus einem niedrigen Tunnel im Gesträuch hervorspähen.
»Komm her«, sagte er.
Sie duckte sich und kroch auf allen vieren so tief in den Tunnel hinein, daß man sie von der Lichtung aus nicht mehr sehen konnte. »Welches Tier hat dieses gute Versteck gebaut, Marischan?«
»Ein Blauborstenkeiler.«
»Dann ist es kein gutes Versteck, Marischan.«
Die Echsenfrau kam aus dem Dickicht, gefolgt von den Dreisamen Reitern und dem Viehdieb. Sie blieben alle stehen, um sich die Dornen herauszuziehen, nur der aufgeregte Viehdieb rannte sogleich zu der Espe und zeigte auf die tiefen Kratzer in der weißen Rinde. »Hier waren die Hunde.«
Dann zeigte er zu dem Ast hinauf, wohin er sich vor den Hunden in Sicherheit gebracht hatte. »Und ich war dort.«

Er zeigte noch einmal auf die Kratzer, dann noch einmal auf den Ast, und sah die Dreisamen Reiter und die Echsenfrau an. »Das Kind hat die Hunde in weiße Wolken verwandelt. Sie sind verschwunden«, sagte er, wobei er schaudernd zum Himmel zeigte.

Sie sahen ihn kurz an, bevor sie ihm den Rücken kehrten und den Ernst der Lage besprachen. Sie flüsterten miteinander.

Versteckt in Laub und Ranken, nur ein paar Schritte entfernt, hörten Sarah und Marischan vereinzelte Fetzen dieses heimlichen Geflüsters.

Griffling las aus seinem dicken grauen Buch der Tatbestände vor: »... Fuchs auferweckt... Dämonenblick... Fuchs abgebildet... Schlägerei zwischen Brüdern angezettelt... Kaufladen durch Feuer vernichtet... Peitsche nicht gefürchtet... Dämonenblick... Hartners Brunnen trockengelegt... Bauer Silas lebendig begraben... und die brennenden Schweine.«

Dann die Echsenfrau mit ihrem gebieterischen Singsang: »Ich habe den Dämonenblick gesehen, gestern und heute. Ich kenne das Böse... hierhergeführt... kein Kind mehr... kein Mensch... ich weiß es. Ich sehe es. Alles Böse... Dürre und Feuer... Tod und Verderbnis.«

Kralls Worte tönten voll im Vertrauen auf ihre Wahrheit: »Das Kind ist böse. Es gehört vernichtet. Erst dann wird es regnen. Vernichtung droht uns, wenn wir es nicht vernichten.«

Sarah hatte die Augen weit aufgerissen vor Staunen und Angst. Sie und Marischan sahen einander an. »Wir können durch dieses Dickicht kriechen, auf dem

Weg, den der Blauborstenkeiler geht«, sagte der Fuchs. Sie warf ihm einen mißtrauischen Blick zu. »Keine Sorge«, sagte er. »Der Keiler ist weit weg, er wühlt nach den gelben Wurzeln, die am Bach wachsen.«

Sarah schleppte sich den Pfad zwischen den Felsen hinauf zur Mesa. Oben angekommen, sah sie sich nach den Dreisamen Reitern tief unten bei der Espe um. Sie hatten ihren Aufstieg beobachtet, und als sie sich jetzt nach ihnen umdrehte, rannten sie in den Wald und duckten sich ins Gehölz.

Marischan erschien neben Sarah auf der Mesa. Auch er sah hinunter zu den verängstigten Menschen im Wald. »Was ist böse?« fragte er.

»Böse heißt, daß jemand richtig schlecht ist, Marischan. Glaubst du, daß ich böse bin?«

»Ich habe keine Gedanken für deine Worte.«

»Was soll ich nur tun, Marischan?«

Der Fuchs sah sie an und ließ seinen Schwanz hin und her zucken. Sie fühlte sich sehr allein. »Du kannst mir auch nicht helfen, oder?«

Die grünen Eidechsen huschten über die Randklippen und tanzten mit ihren langen, dünnen Schatten. Ihre langen roten Zungen zuckten hervor, um das schwindende Licht und die nahende Nacht zu kosten.

11

Das Dämonkind

Zu Hause schaute Sarah im Schein der Laterne Lilly und Lillys Schatten beim Brotbacken zu. Der Altfrauenschatten hüpfte und glitt durch die Stube und foppte Sarahs Gedanken, neckte und hänselte sie und gab zu wissen vor, was er nicht wissen konnte. Lilly sah die Not des Kindes und zog fragend die Augenbrauen hoch.

Sarah seufzte, dann fragte sie: »Merkst du, wenn das Böse in dich hineinfährt?«

»Das Böse fährt nicht in dich hinein. Das Böse ist da, wenn das Mitgefühl verschwindet.«

»Wenn man das Mitgefühl verliert?«

»Ja, wenn du an den Gefühlen anderer Menschen oder Tiere keinen Anteil mehr nimmst.«

Sarah drehte an ihren Haaren und betrachtete ihr Bild in dem polierten Metallspiegel, der an der Wand über dem Waschbecken hing. »Wenn ich böse wäre, würde ich das wissen?« fragte sie.

»Wenn du böse wärst ... würde es dir dann etwas ausmachen, böse zu sein?«
Darüber mußte Sarah lächeln.
»Warum stellst du solche Fragen, Sarah?«
Sarah wurde ganz klein und still, und die Stube wurde düster. Nach einer kleinen Weile konnte sie schließlich die Antwort geben: »Die Leute denken, ich bin böse. Ich habe es sie sagen hören. Sie glauben, ich halte den Regen fern.«
»Was für Leute?«
»Die Männer mit Spiegeln, die auf Pferden kamen, und eine Frau, die ich in Henderswil gesehen habe, mit einer Echsenhaut auf dem Kopf.«
»Wenn die Leute so etwas sagen, kommt das daher, daß sie sich vor etwas fürchten«, sagte Lilly.
»Wovor fürchten sie sich?«
»Vielleicht fürchten sie, daß es nie mehr regnen wird.«
Lilly nahm Sarah in die Arme und strich ihr übers Haar.
»Wann kommen Vater und Mutter nach Hause?« fragte das Kind.
»Vielleicht heute nacht«, sagte Lilly. »Vielleicht morgen.« Sie zog ihre Urenkelin fest an sich und fragte sich, was kindliche Vorstellungskraft und was Wirklichkeit war.
»Manchmal glaube ich, daß ich sie nie mehr wiedersehen werde«, sagte Sarah. Nach einer langen Weile fiel sie dann in einen unruhigen Schlaf. Es war ein wirrer Schlaf mit wirren Träumen.
Sie träumte von Feuer – hohen Flammen, die bis in den Nachthimmel emporschlugen, und aufwärts blik-

kenden Gesichtern verängstigter Tiere, die heulten und um sich ins Leere bissen.
Sarah erwachte und wußte, daß es dunkel war. Still lag sie mit geschlossenen Augen da und lauschte Lillys Atemzügen. Sie lag in Lillys Armen, und Lilly schlief. Jetzt hörte sie ein anderes Geräusch, leise und fern. Das Geräusch verstummte. Sie hörte eine Zeitlang nur noch Lillys Atmen. Sarah suchte in der dunklen Stube nach dem Geräusch, drehte langsam den Kopf hin und her. Da hörte sie es wieder, näher – Hufschläge auf dem Acker über dem Haus –, immer näher und näher, bis zum Ackerrand und dann den Hügel herab bis auf den Hof. Die Hufschläge verstummten. Alles war still. Bis auf Lillys Atmen. Sarah befreite sich vorsichtig aus den ledrigen Armen der alten Frau und schlich, ein Schrittchen ums andere, zur Tür. Ihre Augen suchten die Klinke, erwarteten sie jeden Augenblick niedergehen und die Tür auffliegen zu sehen. Dann hatte sie die Hand auf der Klinke. Sie drückte sie hinunter und zog die Tür auf.
Auf dem Hof stand, reglos im fahlen Schein des zunehmenden Mondes, Silas' gespensterweißes altes Pferd und blickte unverwandt zum Horizont. Sarah blieb in der Tür stehen. Pferd und Mädchen beobachteten den Horizont und warteten. Nichts geschah, die Nacht war still. Sie sah zu dem Gespensterpferd. Es atmete schwer. Sein Blick blieb starr auf den schwarzen Saum der Erde geheftet, der sich an den Nachthimmel drängte.
Jetzt sah man ein einzelnes Licht, dann noch eins und noch eins, bis es viele Lichter waren, die sich am Horizont entlangbewegten. Das Pferd scheute und suchte

das Weite. Sein Weiß entschwand in die Dunkelheit, fort von den Lichtern, die an dem schwarzen Saum unter der blauen Nacht dahinzogen.
Die Lichter kamen den Acker herunter und sammelten sich um die Steinplatte mit ihrer sonderbaren Schrift.
Sarah ging den Hügel hinauf, den Lichtern entgegen. Am Ackerrand duckte sie sich ins Heidegestrüpp, um zu beobachten, was da vor sich ging.
Es waren fünf Leute zu Pferd, die übrigen zu Fuß. Alle trugen Fackeln. Krall, die Echsenfrau, Griffling, der große Mann mit dem milchweißen Auge und noch andere Gesichter aus Henderswil zogen im Fackelschein vorbei.
Sie begannen unter Singen und Heulen zu tanzen und setzten lange Stoffbänder in Brand. Auf dem dunklen Acker thronte Griffling auf seinem dicken Pferd; er hatte Kerzen auf den Ecken seines Korbpults und schrieb seine Wörter auf Papier. Sarah sah ein brennendes Stoffband durch die Dunkelheit auf sich zufliegen. Sie wollte fliehen, bevor man sie entdeckte, aber dabei trat sie auf ein Huhn, das sich im Heidegestrüpp zum Schlafen hingelegt hatte. Gackernd stob es auf und flatterte in den Lichtschein. Flüchtig erblickten die Versammelten Sarah und das Flattern gelb-blauroter Federn und ergriffen kopflos die Flucht über den lehmschwarzen Acker. Sie wußten, daß ihnen der Tod auf den Fersen war.
Sarah rannte voller Angst durchs Heidegestrüpp zum Haus hinunter.
Am jenseitigen Ackerrand, zwischen den Flüchtenden, die durch die trockenen Furchen stolperten,

schrie ein alter Mann, das alte Herz zum Bersten gefüllt, in Schmerzen auf, fiel vornüber und blieb reglos liegen. Die Flüchtenden stampften an ihm vorbei, und er lag allein unter der dünnen Sichel des Mondes.
Sarah spähte durch das dicke Fensterglas hinaus. Ihr Herz pochte vor Angst. Kleine dunkle Geistergestalten bewegten sich verzerrt über den Horizont. Sie erschienen ihr stark und fremd und jagten ihr Grauen ein. Sie hatten die Gestalt ihrer eigenen Angst angenommen. Sarah spürte, wie sie sich in ihrer Brust umherbewegten. Sie beobachtete und wartete.

Als Lilly erwachte, sah sie, daß Sarah schon fort war – nachdem sie einen Krug Ziegenmilch und ein paar gesprenkelte Eier auf den Tisch gestellt hatte.
Lilly ging auf den Hof und sah in den Morgenhimmel, dann machte sie sich auf den Weg zum Acker. Bedachtsam setzte sie einen Fuß vor den anderen, damit sie nicht hinfiel, denn ihre Knochen waren spröde und hätten brechen können. Obwohl sie ganz nah vorbeiging, sah sie den alten Mann nicht, der bäuchlings in einer Ackerfurche lag.

Sarah ging um die Espe herum und sah in ihr Geäst hinauf. Als sie stehenblieb, erschien neben ihr Marischan. Auch er blickte zu der Stelle, wo sie den kleinen Mann gesehen hatten. Die gefüllten Wasserschläuche lehnten am Baum.

»Ich kann ihn nicht bei seinem Namen rufen«, sagte Sarah, »weil ich ihn nicht weiß.«

»Vielleicht rufen ihn seine seltsamen Worte aus dem Baum. Sprich sie und warte ab«, sagte Marischan.

Sarah machte ein zweifelndes Gesicht, versuchte es aber. »Johooo, joho oheeee«, rief sie in den Baum hinauf. Dann warteten sie, aber nichts geschah. Sie sah den Fuchs an. »Fällt dir noch etwas anderes ein? Wir müssen in Erfahrung bringen, ob man es irgendwie regnen lassen kann. Es muß nämlich regnen, Marischan, es muß.«

Sie spähte durch das Laub hinauf und wollte am liebsten weinen, aber sie war ganz ausgehöhlt und stumpf. Als das Laub erzitterte, fühlte sie dieses Zittern auch in ihrem Körper.

Sie sah den Fuchs an.

Die Espe erbebte. Der kleine Mann, fast unsichtbar zwischen den Blättern, spähte von seinem Baumwipfel herab.

»Es freut mich, daß du noch da bist«, sagte Sarah.

Er musterte sie ein Weilchen, dann sagte er: »Die Sache ist die: Wenn man sich bewegt, ist man nirgends. Man muß stillstehen, damit man irgendwo sein kann.«

»Ich muß unbedingt wissen, ob die Geheimnisvolle Frau im Erdreich es regnen lassen kann.«

Der kleine Mann ließ sich Zeit, endlich aber sagte er: »Die Geheimnisvolle Frau ist furchterregend. Ihre Worte sind verborgen im zornigen Wind. Sie ist schrecklich anzusehen. Es ist besser, man sieht sie nie.«

»Aber weiß sie, wie man es regnen lassen kann?« fragte der Fuchs.

»Vielleicht weiß sie es. Aber das Kind würde davon nichts verstehen.«

»Warum nicht?« fragte Sarah sofort.

»Die Geheimnisvolle Frau sagt, was sie zu sagen hat, durch den Wind.«

»Marischan könnte mir helfen. Wir müssen es versuchen, denn wenn es nicht regnet, wird alles schrecklich sein, für alle Zeit. Bitte hilf uns, sie zu finden.«

Der kleine Mann ließ sich auf seinem Ast nieder und dachte nach.

Sarah faßte den weichen, weißen Stamm der Espe an. »Du weißt, wie schrecklich ›schrecklich‹ sein kann.«

Er sah sie an und runzelte die Stirn. »Ich will es dir sagen, aber du wirst es vielleicht bereuen. Du ahnst ja nicht, wie furchterregend sie sein kann. Sie ist sehr alt und gefährlich. Du mußt die richtigen Worte sprechen, denn die Luft muß erfüllt sein von winzigen Geistern, den Gestaltern der Welt. Nur der wahre Geist eines Menschen darf zu der Geheimnisvollen Frau sprechen. Und denk daran, daß du ihr nie ins Gesicht sehen darfst. Jetzt will ich dir sagen, wie man den Geist aus der Erde ruft, also steig auf den Baum. Komm ganz nah zu mir.«

»Warum?« fragte sie, erschrocken über diesen Befehl.

»Zauberworte sind geheim und müssen ganz leise gesprochen werden.«

Sie sah hilfesuchend zu Marischan. Der Fuchs schwebte auf seine liebenswürdige Weise vor ihr her in den Baum hinauf. Für Sarah war es mühsam. Sie war Bäumeklettern nicht gewöhnt, darum wurde es ein hartes Stück Arbeit und dauerte lange, und je höher sie kam, desto banger wurde ihr.

Immer höher stieg sie, bis der Baum zu schwanken begann und ihr noch banger wurde. Sie klammerte sich fest und schaute nach oben. Der kleine Mann schaute herab. Sie sahen einander prüfend an. Nasse Locken klebten an ihrer Stirn. Ihr Gesicht war verschmiert von dem weißem Puder der Espenrinde. Aus der Nähe gesehen schien der kleine Mann ein ewiges Lächeln im Gesicht zu haben, und große Augen. Zeitweilig wirkte er sehr klein. Aber er hatte etwas an sich, was ihn immer wieder in anderen Größen erscheinen ließ, je nachdem, was er gerade sagte, vielleicht auch, woran er gerade dachte. Wie auch immer, ihr wurde davon schwindlig.
Marischan machte einen langen Hals und beschnupperte ihn. Der kleine Mann beäugte den Fuchs mit einem Ausdruck der Belustigung, die mit Vorsicht gepaart war, und zuckte kaum erkennbar mit den Augenbrauen. Dann sah er wieder zu Sarah.
»Zauberworte?« fragte sie.
»Ja. Und geheim, vergiß das nicht.«

Am jenseitigen Ackerrand beugten sich fünf Männer und zwei Frauen über den alten Mann in der Furche. Langsam hoben sie ihn auf ihren Wagen. Einer von ihnen, ein Hüne mit breiten Schultern und mächtigem Brustkasten, hielt den Kopf des alten Mannes in seinen großen Händen. Dicke Tränen liefen ihm übers Gesicht und tropften auf die Stirn des alten Mannes. Die Frauen heulten laut und hoben die Hände zum Himmel. Die anderen Männer klopften den Schmutz vom reglosen Körper des alten Mannes und wischten die Tränen von seinem Gesicht. Dann beugten sie seine steifen Arme, um seine Hände in die Hosentaschen zu stecken, und legten ein Kaninchenfell mit der pelzigen Seite nach unten auf sein Gesicht. Schließlich richteten sie sich auf und betrachteten ihr Werk, nur der Hüne nicht, der immer noch den Kopf des alten Mannes in seinen großen Händen hielt. Der Hüne seufzte tief. Sein Seufzen wurde zu einem Stöhnen, das tief aus seinem Innern kam und immer höher stieg, bis es in seiner Kehle zu einem Wehklagen wurde.

Ganz in der Nähe war Krall und schaute zu, und Griffling schrieb. Ihre Spiegel blitzten in der Sonne, und ein trockener Wind wehte durch die Fransen an ihren breitkrempigen Hüten. Krall sah zur Sonne empor, dann über den Acker hinweg zum Haus. Angst zerrte an seinem Gesicht. Er zuckte unruhig. Zeit und Sonnenhitze lasteten schwer auf ihm.

Auf der anderen Seite des gepflügten Ackers sprang ein Mann auf und kam auf Krall zugerannt. Staub wirbelte unter seinen Füßen auf und zog in einer langen Fahne hinter ihm her.

Völlig außer Atem lehnte Graulenauge sich haltsuchend an Kralls Pferd, dann drehte er sich um und streckte den Arm aus. Keuchend flüsterte er: »Sie ist ... zurückgekommen ... sie ist ... auf dem Hof ... spricht mit der alten Großmutter ... sie hat ... hier herübergezeigt. Sie ... kommen her ... jetzt.«

Krall trieb sein Pferd an und galoppierte zu dem Wagen. Armefuchtelnd gab er Befehle. Das Wehklagen verstummte. Die Leute stiegen auf den Wagen und fuhren davon. Etliche Männer aus Henderswil hatten sich bei dem Acker versammelt, und auch sie bekamen ihre Befehle. Krall schickte sie in Gruppen zu den Hügeln, wo sie sich versteckt halten sollten, um zu beobachten, zu warten.

Die weißen Blumen in dem Glaskrug mit den runden roten Steinen standen auf dem Tisch, wo die Sonne auf sie fiel. Sarah griff in den Lichtstrahl, nahm den Krug, mitsamt den Blumen und allem, und trug ihn nach draußen.

Lilly goß den Garten mit dem Wasser aus den Schläuchen. Das Erdreich saugte das Naß gierig auf.

Sarah hatte allerlei am Brunnen zusammengetragen: das versteinerte Skelett einer urzeitlichen Eidechse, Samenkapseln, die Haut einer Pideltong, eine Puppe mit bemaltem Holzgesicht, einen Grubengauch, drei Monsalinchenknochen, einen kleinen Teppich, den Lilly gewebt hatte, etwas Brot und Ziegenkäse und die Wasserschläuche. Das alles tat sie nun in einen Korb und reichte den Glaskrug mit den Blumen und den roten Steinen Lilly.

Mit großen Hüten auf den Köpfen, um sich vor der heißen Sonne zu schützen, stiegen sie durch das Heidegestrüpp den Hügel hinauf.

Sie schleiften den Wörterstein zu dem großen flachen Felsen am Ackerrand und stellten ihn dort aufrecht hin. Der Felsen hatte eine Rille, in den die Tafel genau hineinpaßte, so daß eine Art Altar entstand. Sarah zählte die Löcher in dem Wörterkreis, der in die Tafel

geschnitten war, zählte dann die roten Steine im Glas. Es waren acht Löcher und sechs Steine. Als sie um den Felsen herum in der Erde wühlte, fand sie einen weiteren. Sie goß etwas Wasser in ein Tütchen mit blauer Tonerde und mischte eine Paste, mit der sie die roten Steine in die Löcher setzte. Einer fehlte noch.
Sarah richtete sich auf, ließ die Tonerde an ihren Händen trocknen und rubbelte sie ab. Dann drehte sie sich um und ging durchs Heideland hinunter zu den Felsen.
Lilly zeichnete mit einem Stecken Muster in den Acker, beginnend auf der einen Seite des Felsenaltars und in weitem Bogen zurück zur anderen Seite. Sie hatte eine große, sich windende Schlange gemalt, auf deren Rücken sie nun mit ihren kleinen Füßen ein Fleckenmuster stampfte.
Als Sarah wiederkam, hatte sie einen Beutel weiße Tonerde bei sich, mit der sie die Schlange ausmalte. Dann legten die beiden bunte Steine in das Fleckenmuster auf ihrem Rücken.
»Wußtest du schon, daß Bäume einen Menschen nur sehen können, wenn er ganz still stehenbleibt?« fragte Sarah, während sie der weißen Schlange ihr buntes Muster aus Steinen machte.
»Nein, das wußte ich nicht.«
»Wenn man umhergeht, wird man ganz verschwommen und schließlich unsichtbar.«
»Wirklich?«
»Ja. Und manchmal wissen Bäume nicht einmal genau, ob es Menschen überhaupt gibt. Wenn man ein Baum ist, sind Menschen eher wie Gespenster.«
»Woher weißt du so etwas?«

»Ich war ganz kurz mal ein Baum.«
»Was für ein Baum?«
»Eine Espe.«
»Espen sind die schönsten«, sagte Lilly mit einer Stimme wie aus weiter Ferne. Die hochstehende heiße Sonne machte sie schwindlig. Sie stolperte, fing sich mit dem Stecken wieder und blieb schwankend stehen. Sarah brachte ihr Wasser zu trinken und streichelte ihren Arm.
Über dem Acker lagen die Leute von Henderswil in Bodenmulden und Heidegestrüpp versteckt. In der Hitze lagen sie, beobachteten und warteten. Sie waren ängstlich und verschwitzt.
Graulenauge beobachtete die beiden von den nahen Hügeln herab. Es überraschte und verwirrte ihn ein wenig, wie das Kind mit der alten Großmutter umging. Er sah zu Krall hinüber, wollte wissen, was der davon hielt. Aber Krall beobachtete eine graue Rauchwolke, die in der Ferne aufstieg.

Die alte Frau und das Kind hatten einen Altar gemacht, mit einer geheimen Schrift darauf und runden roten Steinen in dem Kreis aus seltsamen Worten, und eine große Schlange wand sich auf dem Acker über dem Altar – eine Schlange mit einem Muster aus vielfarbigen Steinen auf dem Rücken.
Sie legten den Teppich, den Lilly gewebt hatte, ins Heidegestrüpp, setzten sich darauf und betrachteten ihr Werk. Sie aßen Brot und Käse und tranken aus dem Wasserschlauch. Marischan saß mit dem Rücken

zu ihnen auf dem Wörterstein und betrachtete die Formen und Muster der Schlange. Langsam bewegte der Fuchs den Kopf von rechts nach links, während sein Schwanz hin und her zuckte.
»Das ist eine sehr gute Schlange«, sagte er. »Habt ihr daran gedacht, ihr etwas Blau auf den Kopf zu tun?«
»Blau?« fragte Sarah.
»Ja. Blau wäre gut.«
Sarah stand auf und sah den Kopf der Schlange an, nickte zustimmend und streute ihr etwas blaue Tonerde auf die Nase.
Ohne es selbst zu merken, sagte Lilly: »So ein hübscher Fuchs.« Es kam ihr einfach so aus dem Mund.
Sarah sah Marischan an, dann Lilly. Sie lächelte dem Fuchs zu, aber er merkte es nicht. Es gab Wichtiges zu tun. Er blickte zum Himmel, dann wieder auf das Schattenmuster, das die in die Tafel gesetzten roten Steine machten. »Bald ist es Zeit, die Worte zu sprechen«, sagte er.
Sarah stellte sich vor den Altar und machte sich bereit, zu den roten Steinen zu sprechen. Ihre Puppe mit dem bemalten Holzkopf, die Pideltonghaut, der Grubengauch, die drei Monsalinchenknochen, das Skelett der vorzeitlichen Eidechse und die Samenkapseln waren zu einem symmetrischen Muster auf dem großen flachen Felsen angeordnet, der den Sockel des Altars bildete.
Sie wollte gerade die Worte sprechen, als ihr der fehlende Stein einfiel. »Halt. Ich kann noch nicht«, sagte sie. »Der letzte Stein muß erst gefunden werden.«
»Aber es ist keine Zeit mehr. Sprich jetzt«, sagte der Fuchs.

»Wird es dann aber auch klappen?«
»Keine Zeit, keine Zeit«, sagte Marischan.
»Der Gelbe Seefahrer hat aber gesagt, wir müssen sie alle finden, Marischan.«
»Nimm eine rote Perle von der Halskette deiner Urgroßmutter. Die tut es sicher auch.«
»Meinst du? Ich bin mir nicht sicher«, sagte Lilly, aber sie nahm ihre Halskette ab. Ihre Arme und Hände waren langsam und störrisch, darum öffnete Sarah für sie den Knoten. Sie nahm die größte der roten Perlen und setzte sie mit dem letzten Rest der blauen Tonerde an ihrem Platz ein.
Dann schloß sie die Augen und sprach flüsternd die Worte:

Ittiiiih taaa.
Uuuuuh saaaat taaa
Abbeh suk aeiih sssaaaaaaaih taaa
Gaaa sssaaaiih taaa
Dschiiih taaa gaaa
Geist des großen Flusses
Der in der Erde fließt
Sag dem Regen, wir brauchen ihn
Sag dem Regen, wir warten.

In den Hügeln über dem Acker wedelte Krall die Fliegen fort und beobachtete von fern die kleine Beschwörung.
Der große Mann mit dem milchweißen Auge lief durch eine Bodenmulde zu Krall hinunter, kroch dann auf allen vieren zum Hügelkamm hinauf und duckte sich, um außer Sicht des Dämonkindes zu bleiben.

Krall fühlte sich durch den Mann gestört. »Was willst du hier, Klipp?« fragte er.
»Ich bin das Warten leid. Wir sollten sie jetzt ergreifen.«
»Am hellichten Tag?« fragte Krall voll Verachtung.
»Ja. Jetzt. Wenn nicht Ihr, dann tue ich es selbst. Ich habe keine Angst vor ihr, mag sie sein, wer sie will.«
»So war es nicht abgemacht. Wir handeln hier gemeinsam, sonst holt sie uns alle einzeln.«
Klipp war wütend. Geduckt lag er da und funkelte Krall an. Da bemerkte er eine allmähliche Veränderung in der Luft. Er blickte sich um, sah dann zu Krall. Beide schauten zum Himmel auf. Der Himmel wurde dunkler und dunkler. Ein Wind kam auf. Tief im Westen verfinsterte Feuerrauch die Sonne und färbte sie dunkelrot.

12

Verdorrte Seelen

Sonderbar. Ein kleiner Wirbelsturm riß eine Windhose von der trockenen Erde hoch und näherte sich den winzigen Gestalten der alten Großmutter und des Kindes vor dem Altar am Ackerrand.

Das Kind, die alte Frau und der Fuchs starrten zu dem flachen grauen Himmel und der dunkelroten Sonne empor.

Als der Wind aufkam, atmete Lilly tief ein. »Es riecht nach Regen, so wie es riecht, bevor es regnet«, sagte sie.

Sie sahen den Wirbelwind über den Acker auf sich zukommen und fürchteten sich. Sarah schloß ganz fest die Augen und faßte Lillys Hand. Unter wüstem Brüllen stürzte sich der Sturm auf den Altar. Sarah und Lilly wandten sich ab von dem stechenden Staub, aber der Staub sah Marischan nicht. Er wehte durch ihn hindurch und stach ihn nicht.

Im Auge des Wirbelsturms formte sich aus dem Staub eine kindgleiche Gestalt, die vor ihnen stehenblieb.

Der Wind sang. Funken sprühten von den Steinen. Im Auge des Wirbelsturms begann sich das Gesicht des Geistes zu verändern.
Sarah spreizte die Finger gerade so weit, daß sie hindurchsehen und einen kurzen Blick auf die Geheimnisvolle Frau erhaschen konnte. Was sie da sah, entsetzte sie noch viel mehr, weshalb sie rasch die Finger wieder schloß. Lilly stand mit erstaunt aufgerissenen Augen da und vermochte weder sich abzuwenden noch die Augen zu schließen.
Der Kindgeist auf dem Altar wurde älter und älter, durchlief in einem einzigen Augenblick alle Altersabschnitte. Das Gesicht zuckte und schrumpelte, bis es uralt war, älter noch als Lilly. Dann zerfiel die Frau zu Staub und ging dahin, wie sie gekommen war – in einem Wirbel von Sturm und Staub.
Es folgte das Rauschen von Regen, kein Regen aber, dafür ein langer, furchtbarer Klagelaut, gefolgt von einem Donnerschlag, der über den dunklen Acker hinwegtönte und wie das Knacken von berstendem Eis über einem See widerhallte. Danach war es still, und an den Himmel kehrte das Licht zurück.
Lilly stand völlig reglos. Mit Augen wie aus Glas starrte sie ins Leere. Sarah spähte zwischen ihren Fingern hervor, dann nahm sie die Hände von den Augen. Die Wasserschläuche lagen neben dem Altar im Staub, aber die Schlangenhaut, die bemalte Puppe, die Samenkapseln und alle anderen Sachen waren verschwunden.
Marischan sah zu Sarah auf. »Der Geist hat folgendes gesagt:

Wenn Menschen nicht Wunder, nicht
Schönheit mehr sehen
Wissen sie nicht mehr, wer sie sind
Und es verdorren ihre Seelen.
Den Menschen gleich, verändert sich die Welt.
Den Menschen gleich, beginnt die Welt
zu sterben.
Erst wenn die Menschen sehn mit
Kindesaugen
Kommt auch der Regen wieder.«

Sarah sah den Fuchs an, und langsam dämmerte ihr eine schreckliche Erkenntnis. »Wir können nichts tun, Marischan.«

»Rein gar nichts«, antwortete der Fuchs.

Sarah drehte sich langsam zu Lilly um. Lilly war entrückt, wußte nicht, wer noch wo sie war.

»Urgroßmutter Lilly – bist du krank?« fragte Sarah.

Aber Lilly starrte nur ins Leere.

Sarah streichelte ihren Arm und sah ihr in die Augen. »Bitte sei nicht krank«, flüsterte sie.

Von den Hügeln aus spähten viele wunderliche, furchtsame Tiere herab. Die Leute von Henderswil saßen geduckt im Heidegestrüpp und hielten sich ihre Masken gegen das Böse vor die Gesichter.

Graulenauge nahm zögernd seine Maske ab und beobachtete das Kind, wie es seiner gebrechlichen Urgroßmutter durch das Heidegestrüpp half. Sie verschwanden über den Hügelkamm.

Krall stand mit dem Rücken zu ihnen und sah die spätrote Sonne hinter die flachblauen Berge sinken.

Ada und Aesa spannten im letzten Abendlicht Horatio aus, nahmen ihm das Geschirr ab und führten ihn zum Korral. Ada blickte zum Haus und wunderte sich, daß niemand sie begrüßen kam. »Sarah ...?« rief sie. »Lilly?«

Die Tür ging langsam auf. Sarah spähte heraus.

Aesa und Ada gingen über den Hof zu ihr. Sie stand in ihrem gelben Nachthemd in der Tür, und stumme Tränen liefen ihr übers Gesicht.

Ada kniete sich hin und umarmte ihre Tochter, während Aesa ins Haus ging, um Lilly zu suchen.

»Was ist los, Sarah, was stimmt denn nicht?« fragte Ada.

»Alles stimmt nicht«, sagte Sarah und begann zu weinen, denn keiner verstand sie.

Aus dem Haus rief Aesa nach seiner Frau. Sie fand ihn beim Herd auf dem Boden sitzen und seine Großmutter in den Armen halten, deren dunkle kleine Augen immer noch die Frau im wirbelnden Staub sahen.

Ada sah in ihre Augen und befühlte ihr Gesicht und ihre Lippen. Die alte Haut war trocken und dünn wie Papier, fast verdorrt von der Hitze. »Bring Wasser«, flüsterte Ada. Lillys Lippen zuckten und preßten sich fest aufeinander.

Aesa ging durchs Zimmer und wollte einen Wasserschlauch über dem Becken von der Wand nehmen.

»Wo sind die Wasserschläuche, Sarah? Weißt du's?«

Sie sah angstvoll weinend auf und nickte.

»Bring sie her. Sofort!« schrie er.

Sie rannte zur Tür, eilte über den Hof und den Hügel

hinauf zu dem Altar am Ackerrand. Aber sie verfing sich mit einem Fuß im Heidegestrüpp und fiel hin. Ihr Kopf schlug hart auf dem Stein auf. Sie regte sich nicht. Man hörte nur das Stampfen vieler Füße, die über den weichen Acker angerannt kamen.
Dann war es still. Die Leute von Henderswil umringten sie und hielten ihre Fackeln hoch, um sehen zu können, was ihnen das Glück da bescherte. Sarah lag still und reglos in diesem Lichtkreis. Der Ring wurde immer enger, weil sogar die Mutlosesten Mut bekamen, als sie sahen, daß sich das Dämonkind nicht regte. Krall trat vor und streckte die Hand nach ihr aus. Sie aber zuckte zusammen, erschrocken über die Berührung, und versuchte sich davonzumachen.
Das gelbe Nachthemd schien aufzuflammen und wie ein Feuer nach den Füßen der Umstehenden zu lecken. Die Menge stob auseinander, in heilloser Angst taumelte einer rückwärts gegen den andern, gegen Fackeln, Todesfurcht und Schmerzensschreie.
Sie entfloh ihren Händen – der feurige Dämon verschwand in die schwarze Nacht.
Aesa hörte das Schreien und Lärmen der Menge und lief auf den Hof, von wo er die Fackeln über dem Hügelkamm bei seinem Acker sah. Er rannte den Hügel hinauf, auf die Lichter zu.
Die kopflose Menge sah Aesa erst, als er in ihrer Mitte stand und schrie: »Wo ist mein Kind? Wo ist Sarah?«
Sie fuhren herum und starrten ihn an, hielten ihre Fackeln hoch. Sie tuschelten. Dann löste sich Klipp aus der Dunkelheit hinter Aesa und versetzte ihm einen harten Schlag. Aesa fiel vornüber und stürzte auf die Furchen seines Ackers.

Von der Tür aus sah Ada den Fackelschein über den Acker huschen und verschwinden. Sie rief nach Aesa, aber es kam keine Antwort. Einen Augenblick blieb sie still stehen und kämpfte gegen ihre Angst. Sie zündete eine Laterne an, stellte sich in den warmen Lichtschein und lauschte. Aber ihr Herz pochte so laut, daß sie in der sanften Nachtluft unmöglich etwas hören konnte. Da nahm sie die Laterne und lief durch die Dunkelheit den Hügel hinauf.

Aesa lag reglos auf dem Acker, das Gesicht auf dem Boden. Ada stellte die Laterne ab und kniete sich neben ihn. Er kam ihr vor wie ein schlafender Riese, der mit vorgestreckten Armen im Staub lag. Sie hob seinen Kopf an und drehte ihn zur Seite, damit er Luft bekam. Er war so still, daß Ada sich schon fragte, ob er überhaupt noch atmete. Sie legte ihr Ohr an seinen Rücken und horchte nach Lebenszeichen. Dann seufzte sie erleichtert auf und rief ihn leise beim Namen, küßte sanft sein Gesicht. »Aesa?« Aber es kam keine Antwort.

Sie stand auf, schwenkte die Laterne, rief nach ihrer Tochter und wartete. Die Nacht war schwarz und still. Sie ließ Aesa auf dem Acker liegen und ging zum Haus zurück, wo sie beim Brunnen Lilly benommen auf der Erde sitzen sah. Ada packte ein Bündel Bettzeug zusammen, dann holte sie Horatio aus dem Korral und führte ihn zum Brunnen. Sie stellte die Laterne auf den Boden und kniete sich neben Lilly. Unter gutem Zureden half sie der alten Frau auf die Brunnenmauer und von dort langsam, sehr langsam auf den Rücken des großen Pferdes.

Ada hielt die Laterne hoch, damit Horatio etwas sehen

konnte. Sie stieg den Hügel hinauf zu der reglosen Gestalt auf dem Acker. Dort schob sie ein Handtuch unter Aesas Kopf und legte eine Decke über ihn. Daneben machte sie ein Bett für Lilly.

Der schwarze Himmel wandelte sich zu einem tiefen Blau, und die Sterne gingen dahin mit der Nacht. Von der Mesa aus sahen Krall und Graulenauge zu, bis die Sterne verschwunden waren.

Sie steckten die Köpfe zusammen – dunkle Gestalten vor dem tiefblauen Himmel –, und Krall flüsterte: »Wenn wir sie nicht finden und vernichten, wage ich nicht daran zu denken, was aus uns wird. Wir müssen sie ergreifen, bevor sie die Form von etwas Großem und Schrecklichem annimmt und die Leute sich aufgeben.«

Graulenauge ging den Wildpfad hinunter, um erneut nach dem Dämon zu suchen, den sie unbedingt töten wollten. Seine glatten, harten Stiefelsohlen waren ungeeignet für den steilen Pfad. Ehe er noch weit gekommen war, rutschte er aus, fiel hin und schlug mit dem Hinterkopf auf die schräge Felsplatte. Er war vor Übelkeit ganz benommen. Unter großer Anstrengung packte er einen langen grauen Pfahl, der neben dem Pfad lag, und stemmte sich damit hoch. Er schaute hinter sich den Pfad hinauf, vor Schmerzen schwindlig und den Blick vernebelt.

Nach einer Weile konnte er unterhalb der Mesa einen gelben Klecks ausmachen. Dann begann dieser Klecks langsam seine Form zu verändern, glich mehr und

mehr einer menschlichen Gestalt. Eine kalte Klaue griff nach seinen kreiselnden Sinnen – der gelbe Klecks war das Dämonkind, das sich unter der Kante der Mesa versteckt hielt. Sein Kopf wurde wieder klar.
Lange sahen sie einander an, dann begann es in seinem Gesicht zu zucken – ein sonderbares kleines Wechselspiel zwischen Entsetzen und höhnischem Triumph. Er hatte den Dämon gefunden, aber was sollte er jetzt tun? Was würde sie mit ihm machen? Er ging langsam näher, denn er war ein tapferer Mann, aber dumm.
Er hielt kurz inne, weil er wußte, daß er ihr nicht zu nah kommen durfte. Da besann er sich auf den langen Pfahl. Langsam tastete er sich rückwärts wieder den Pfad hinunter, bis er ihn gefunden hatte. Ohne den Blick von dem Dämonkind zu wenden, bückte er sich nach dem schweren Ende. Tief geduckt, den Körper von dem Dämon abgewandt, aber den Blick fest darauf gerichtet, hebelte er den Pfahl über seinem Knie hoch und drehte ihn, sorgsam sein Gleichgewicht haltend und mit einem Gefühl zwischen Angst und Vorfreude, in weitem Bogen herum, bis die Spitze genau auf das Kind zeigte.
Mit ängstlichen kleinen Schritten, jederzeit zum Rückzug bereit, näherte er sich Sarah im Krebsgang. Als die Pfahlspitze nur noch wenige Fingerbreit vor ihrem Gesicht war, hielt er inne, denn er wußte nicht recht, was nun zu tun war.
Sarah konnte sich nicht bewegen. Sie konnte kaum atmen. Graulenauge senkte den Pfahl, bis er auf ihr Herz zeigte, und schob ihn langsam vor, bis er die Brust des Mädchens berührte. Er zögerte erneut, holte

tief Luft und wappnete sich für das Unumgängliche, dann schob er den Pfahl noch weiter vor, um das Kind damit gegen die Felswand zu drücken. Kurz bevor er dem Dämon den Pfahl ins Herz stieß, hielt er jedoch noch einmal inne.

Er wartete auf einen Fingerzeig, ein Erkennungszeichen. War das ein Dämon – unmenschlich und böse? Aber kein Fingerzeig, kein Zurückweichen, keine Erklärung. Nur Tränen. Aus ihrem tiefsten Innern heraus, wo ihre Seele war, sprach sie dann seinen Namen, doch über ihre Lippen kam nur ein leiser Schrei.

Sein Gesicht nahm einen seltsam verwirrten Ausdruck an, von Schmerz verzerrt. Es war ein tiefer, tödlicher Schmerz in seiner Seele, der sein Gesicht so verzerrte.

Sarah und Graulenauge sahen einander an. Leise sagte er: »Du bist doch nur ein Kind, nicht wahr?«

Sarah nickte, sprechen konnte sie nicht.

Über ihnen waren Schritte auf der Mesa zu hören. Vorsichtig zog er den Pfahl zurück und legte ihn neben den Pfad. Er sah nach oben.

Ein rundgesichtiger Mann schaute herab. Er trug eine enge Ledermütze auf dem Kopf und hatte sie tief bis auf die Augenbrauen heruntergezogen. »Habt Ihr etwas gefunden?« fragte er.

Graulenauge starrte eine kleine Weile zu ihm hinauf und wußte nicht, was er sagen sollte. Auch wenn die Dreisamen sich geirrt hatten – was fiel ihm nur ein, dem Kind zu helfen? Endlich aber winkte er ab. »Nein ... nichts. Ich bin nur gefallen. Hab mir den Kopf angestoßen. Es geht jetzt aber wieder. Ich bleibe auf der Mesa. Du kannst gehen.«

Der Rundgesichtige zog sich ins Wacholdergesträuch zurück. Sowie er außer Sicht war, sah Graulenauge wieder zu dem Kind. Zuletzt wandte er den Blick ab, sah zum Himmel, auf den Pfad, zum Bach im Tal – überallhin, nur nicht zu dem Kind, das nie ein Dämon gewesen war.

Er stieg auf die Mesa, kniete sich auf die Kante und sah ihr nach, wie sie den Pfad hinunterging. Ihm war so wirr im Kopf, daß seine Gedanken sich in alle Richtungen zerstreuten. Jetzt war er ein Ausgestoßener wie das Mädchen. Er war für alle Zeit verändert, und die Folgen würden für ihn genauso grausam sein wie für das Mädchen, das er ins Tal hatte entkommen lassen.

In die frühmorgendlichen Schatten der Wacholderbüsche geduckt, beobachtete der rundgesichtige Mann, wie Graulenauge mit seinem Schicksal haderte, während das Dämonkind den Pfad zwischen den Felsen hinunterging.

Tief unten im Tal und Stunden später unterbrachen Klipp, die Echsenfrau und Griffling ihre Suche, um aus dem Bach zu trinken. Klipp legte sich neben einer hohen Pappel ins Gras und schob seinen massigen Körper zum Trinken über den Uferrand – es fiel ihm schwer, das Gleichgewicht zu halten.

Als er den großen Mund ins Wasser tauchen wollte, sah er unter dem überhängenden Ufer etwas Gelbes von undeutlicher Gestalt. Er drehte den herunterhängenden Kopf, um es in Augenschein zu nehmen, und erblickte wenige Zoll vor seinem Gesicht das Dämonkind. Sie klammerte sich, den Kopf kaum über dem Wasser, an die Baumwurzeln unter der Uferkante, wo sie gerade noch Luft bekam. Klipp sah entsetzt, daß eine der Wurzeln keine Wurzel, sondern eine Schlange war, und im selben Moment stieß sie schon nach ihm. Das Grauen würgte ihn – ihm war, als winde sich etwas durch seinen Hals hinunter. Er kippte vornüber in den Bach. Seine Beine stießen verzweifelt in die Luft.

Die Echsenfrau und Griffling packten Klipp bei den Füßen und rissen ihn zurück. Würgend zeigte er unters Bachufer, dann auf seinen aufgerissenen Mund, und in seinen Augen stand ein irrer Blick.

Die Echsenfrau begann zu schlottern. »Der Dämon? Ist da der Dämon?« verlangte sie von ihm zu wissen, obwohl er doch gar nicht antworten konnte.

Klipp erhob sich auf die Knie und faßte sich mit den Händen an den Hals. Griffling und die Echsenfrau kümmerten sich nicht um ihn. Sie ergriffen heruntergefallene Äste und stocherten damit nach dem unsichtbaren Dämon unter der Uferkante.

Die Echsenfrau stieß auf etwas. Mit irrem Blick sah sie zu Griffling, denn nun hatte sie endlich das Dämonkind. In ihrem Übereifer, es zu sehen, kippte sie vornüber in den Bach, bekam die Lunge voll Wasser und verlor ihren Turban. Während sie im Wasser wild um sich schlug, spähte Griffling vorsichtig unter den Uferrand. Der Knüppel steckte im Schlick. Von dem Dämonkind war nichts zu sehen.

Die Echsenfrau erreichte strampelnd das andere Bachufer, wo sie sich hinsetzte und aus dunklen Augen, die tief in ihrem länglichen, jetzt völlig haarlosen Kopf saßen, finster zu Griffling herüberstierte.

Krall saß auf seinem dicken Pferd und überblickte von einem Hügel aus das Tal. Er sah Klipp durchs Gestrüpp herannahen. Klipp fuchtelte wild mit der einen Hand, mit der anderen hielt er seine Kehle umfaßt. Krall beobachtete und wartete, wenig geneigt, ihm zu Hilfe zu eilen, aber neugierig, was mit ihm los war. Als Klipp näher kam, lenkte Krall mit seinem Spiegelmedaillon das Sonnenlicht auf sein Gesicht, um besser sehen zu können.

Klipp kam und hielt sich, nach Luft ringend, an Kralls Sattel fest. Tief aus seiner Kehle kam ein seltsames, beängstigendes Rasseln. Sein Gesicht war blau angelaufen, sein Blick wild und glasig vor blankem Entsetzen. Er packte das Medaillon, das Krall um den Hals hängen hatte, und zog das überraschte Gesicht des Mannes zu sich herunter. Krall versuchte sich loszureißen, aber Klipp wollte gar nichts von ihm. Er glaubte nur, daß etwas in seiner Kehle steckte, und wollte mit dem Spiegel hineinsehen. In dem verschwommenen, verzerrten Spiegelbild seiner Luftröhre sah Klipp seine schlimmsten Befürchtungen bestätigt: Da zuckte unverkennbar eine Schlangenzunge.

Klipp ließ das Medaillon los, fiel zu Boden und blieb starr und stumm liegen. Krall stieg vom Pferd und öffnete mit Gewalt den Mund des Mannes, um hineinzusehen. Obwohl er aber Klipps Kopf hin und her drehte und ihm sogar mit seinem Medaillon in den Hals hinunterleuchtete, sah er nichts. Klipp lag reglos, starr und blau.

Griffling und die Echsenfrau mühten sich den Hügel herauf und kamen zu Krall und Klipp. Die Echsenfrau war triefnaß, aber sie hatte sich aus einem ihrer weißen Unterröcke einen neuen Turban gewickelt. Schwer atmend beugte sie sich über Klipp, schob ihm mit dem Daumen ein Augenlid hoch und wich schnell zurück. Sie riß ihre langgeschnäbelte Maske mit den Frettchenaugen hoch und hielt sie sich vors Gesicht. Dann betastete sie seine Arme und Beine und befühlte seine blauen Lippen.

»Er ist besessen«, teilte sie mit. »Er ist in ihrer Gewalt. Vernichtet ihn, sofort – bevor der Dämon aufwacht und von ihm Besitz ergreift.«

Krall sah Griffling an, der rasch den Blick abwandte.

»Griffling, du weißt, was zu tun ist«, befahl Krall.

Durch das Flimmern der Hitze sah man auf dem Hügelkamm gegenüber eine Gestalt ein großes Pferd führen, dessen Reiter zwei Köpfe hatte. Das Pferd wendete, und nun sah man, daß es zwei Reiter waren. Sie hielten an und blickten übers Tal zurück zu dem Rauch, der sich durch die unruhige Luft emporkräuselte. Sie hörten Klipps Schrei, hoch und dünn, über die trockenen Hügel und ins Tal hinunterschallen. Er hallte noch einmal zurück und erstarb.

13

Der finstere Turm

Sarah hielt sich in einem Gestrüpp am Bach versteckt, wo das Tal sich weit öffnete. Sie rollte sich in ihrem nassen Nachthemd zusammen, schloß die Augen und schlief ein.

Sie träumte von den Hunden mit den Segelohren, wie sie in die Luft sprangen, dort erstarrten und Ausschau hielten. Nach ihr. Bellend rannten sie in großen Sätzen durch das Gras. Und bellten und bellten.

Es war Abend, als sie aufwachte, und die bellenden Hunde waren keine bloßen Traumhunde. Lauter und lauter hörte sie ihr Gebell. Sie waren auf ihrer Fährte.

Sarah sprang auf und sah sich nach einem Fluchtweg um. Sie befand sich an einem Ort, wo sie noch nie gewesen war. Er sah sehr merkwürdig aus. Die Bäume ringsum waren hohe, schlanke Föhren, und von ihren Ästen hingen lange Bärte von dunkelgrünem Moos. An den Bachufern lagen große Steine, weiß und glatt. Hierher kamen nie Menschen.

Sie rief laut: »Marischan! Marischan, wo bist du? Bitte, Marischan, ich brauche dich ... jetzt!«
Das Bellen wurde lauter und wütender, je näher die Hunde ihrer Beute kamen. Sarah lief in den Wald. Die rauhen Rinden der hohen Föhren rissen an ihrem gelben Nachthemd. Sie rannte, was ihre Beine hergaben.

Am Bach, wo die Espen standen, ging Aesa, von Schmerzen geplagt, und führte am Zügel Horatio mit Lilly und Ada auf dem Rücken. Sie riefen Sarahs Namen und hörten ihn von den Hügeln widerhallen.
Jetzt wandte Ada den Kopf und war einen Augenblick still. »Horcht«, sagte sie, »Hunde. Hört ihr sie? Da bellen Hunde ... weit weg.«

Sarah rannte durch den dunklen hohen Wald, und die Hunde kamen näher, wurden lauter. Braun und schwarz jagten sie durch das dichte Gehölz mit den langen Moosbärten. Die Hunde rannten, was ihre Beine hergaben.
An einem Ackerrand hinter dem Wald stand ein runder Turm aus langen schwarzen Pfählen, zusammengehalten von großen Reifen und mit dunkelrotem Mörtel verfugt. Kräftige hölzerne Sprossen führten in einer Spirale um den Turm herum nach oben. Sie dienten als Treppe zu einer kleinen Tür unterm Dach. An einer Turmseite hingen Seilzüge mit großen Kübeln, in denen das Korn hinaufgeschafft wurde. Einige

Fußbreit über dem Boden befanden sich an gegenüberliegenden Seiten zwei kleine Schütten mit Schiebern, durch die das Korn auf die Wagen lief.
Sarah kam aus dem Wald und rannte zu dem Turm. Fest an die Wand gedrückt, stieg sie die Treppe hinauf, Sprosse um Sprosse. Sie hörte die Hunde. Sie kamen aus dem Wald gerannt, sprangen bellend in die Luft. Sarah war fast oben, als einer der Verfolger sie erblickte und der Ruf erscholl, sie sei gefunden. Die Hunde knurrten und zogen die Lefzen über ihren Fangzähnen hoch.
Sarah erreichte die kleine Tür und sah hinein. Zuerst war es dunkel, und sie mußte ihren Weg ertasten. Drinnen war eine kleine Plattform, von der es anscheinend nach drei Seiten hinunterging, aber bevor sie sich weiter umsehen konnte, sah sie im Dunkeln etwas schimmern. Es kam ihr bekannt vor.
»Marischan? Bist du's?« fragte sie.
»Ja, ich bin's. Was wird jetzt?«
»Ich weiß es nicht.«
Sie spähten zur Tür hinaus. Unten kamen immer mehr Leute um den Turm zusammen.
Marischan beobachtete die Leute unter ihnen. Irgend etwas schien in ihnen zu rucken und zu zerren, was aussah, als vollführten sie einen wunderlichen kleinen Tanz. »Sie haben Angst vor dir«, sagte er. »Du mußt ihnen die Angst nehmen.«
»Ich weiß nicht, wie ich ihnen die Angst nehmen soll.«
»Dann sollten wir uns lieber davonmachen«, sagte er.
»Wie denn, Marischan?«
»Ich könnte dir helfen, ein Vogel zu sein, dann kannst du wegfliegen.«

Sie suchten am Himmel nach einem Vogel. Es war keiner zu sehen. »Da ist kein Vogel, Marischan, nicht ein einziger«, sagte sie in einem Ton, als läge ihr gar nicht viel an ihrem Entkommen, fast als wäre sie mit den Gedanken bei etwas völlig anderem.

Unten stellte Griffling einen Mann mit einer langen spitzen Stange an den Fuß der Treppe. Die übrigen drängten sich um Krall, der einen Plan hatte.
»Wir losen. Wer jagt sie heraus?« fragte Krall.
Er hielt ein paar spröde gelbe Grashalme in der Hand. Furchtsam zogen sie nacheinander ihre Lose, bis einer erschrocken aufstöhnte. Es war ein schmächtiger Mann mit Schnauzer und spärlichem Kinnbart. Man wich vor ihm zurück. Er hielt den Halm auf Armeslänge von sich ab und starrte wimmernd die tintenschwarze Spitze an. Man drückte ihm einen langen, spitzen Speer in die eine Hand und einen Feuerbrand in die andere. Man geleitete ihn zur Treppe. Er bewegte sich ruckend und steifbeinig wie ein kleiner Junge auf dem Weg in sein Verderben.
Mit dem Rücken zum Turm erklomm er zaghaft Sprosse um Sprosse, bis er einmal halb um den Turm herum und halb oben war. Unten folgte ihm die gaffende Menge mit seitlichen Schritten um den Turm herum. Jeden Schritt feuerten sie mit Rufen und Gesten an. Plötzlich brach eine Sprosse. Der Mann schrie auf und stürzte in einem Funkenregen herunter. Unter seinem Gewicht brachen noch einige der verwitterten Sprossen ab.

Jetzt konnte niemand mehr hinauf und niemand herunter.
Graulenauge hatte vom Wald aus zugesehen. Jetzt ritt er zum Turm, mitten in die Menge hinein. Er stellte sich in die Steigbügel und hob die Hand, um Ruhe zu gebieten. Sie verstummten. Dann sprach er zu ihnen mit dröhnender Stimme: »Ihr seid alle von Sinnen vor Angst. Das Kind ist kein Dämon. Es ist nicht böse. Es ist nur ein Kind. Versucht das zu begreifen.«
In der Menge sahen sich Krall und der Rundgesichtige an. Krall nickte, und sie gingen auf Graulenauge zu, die Menge mit ihnen. Sie umstellten sein Pferd, drängten auf ihn ein. Sie rissen ihn zu Boden und schleiften ihn um den Turm herum bis unmittelbar unter das Versteck des Dämons.
Die Echsenfrau zeigte nach oben. Weizenstaub, von der schrägstehenden Abendsonne angestrahlt, quoll in einer dünnen Wolke aus der Tür wie Dämonenlicht. »Nur ein Kind? Wir haben doch Augen im Kopf. Und was wir sehen, ist dies.«
Er hatte sie in Wut gebracht. Sie traten und schlugen auf Graulenauge ein, bis er bewußtlos im Staub lag. Zornbebend starrten sie alle auf die reglose Gestalt hinunter, nur die Echsenfrau nicht. Sie sah zur Turmtür hinauf, wo, von der Sonne angestrahlt, der Weizenstaub herausquoll.
Plötzlich riß sie die Tiermaske, die an ihrem Gürtel hing, vors Gesicht. »Seht da! Der Dämon!« schrie sie. Sie fuhren herum und sahen zur Spitze des finsteren Turms hinauf. Im Nu hatten auch sie ihre Masken vor den Augen, denn von oben schaute das Dämonkind auf sie herab. Die Strahlen der schrägstehenden

Sonne erfaßten ihr gelbes Nachthemd und ließen das Mädchen frei in der dunklen Türöffnung schweben. Sie leuchtete wie eine übernatürliche Erscheinung vor der Dunkelheit.

Das vereinte Entsetzen der Menge sandte ein vielstimmiges Stöhnen nach oben. Krall wußte, daß sie so gut wie verloren waren. »Brennt den Turm nieder!« schrie er ihnen zu. »Verbrennt den Dämon!« Das riß sie aus ihrer Starre.

Er schickte ein paar Leute los, Holz und Stroh für ein Feuer zu holen. Pflichteifrig eilten sie davon. Andere schrien Verwünschungen und stimmten Sprechchöre an. Einer fiel in Ohnmacht. Einige hielten sich die Augen zu, andere die Münder. Wieder andere standen vor Schreck gelähmt, ihre Masken gegen das Böse vor den Gesichtern, und starrten zu dem Dämonkind empor, das über ihnen im Dunkel schwebte.

Aus dem Wald wurden umgestürzte Bäume herangeschleift. Man brachte Stroh vom Acker. Man schichtete das alles um den Turm auf und zündete es an. Unter der Turmtür flogen weitere Baumstämme ins Feuer. Die Flammen begannen den Turm zu verzehren.

Sarah sah ihnen von der Tür aus zu. Viele kleine Masken starrten zu ihr herauf, schwebten über der harten, dürren Furcht der Menge. Ihr war kalt und heiß zugleich. Wie das Eis – schmelzendes Bergeis und aufsteigender Dampf.

»Marischan, könntest du mir helfen, ein Stück Eis zu sein?« fragte Sarah.

»Eis? Nun, da du sowieso zum größten Teil aus Wasser bist, dürfte Eis ganz einfach sein«, antwortete er.
»Dann will ich ein Stück Eis sein, Marischan.«
»Aber wenn du ein Stück Eis bist, wird das Feuer dich schmelzen.«
»Ja. Und dann werde ich zu Nebeldunst.«
»Nebeldunst? Weißt du das genau?« fragte der Fuchs.
»Ja. Nebeldunst wäre jetzt gerade recht«, sagte sie mit merkwürdig ruhiger Stimme.
Der Fuchs begriff, daß sie etwas im Sinn hatte, was er noch gar nicht kannte – was er auch überhaupt nicht verstand. »Gut, dann sei ein Nebeldunst, und ich bin jederzeit bei dir«, antwortete er.
Ihr Lächeln kam von ganz tief drinnen. »Danke, Marischan.«
Der Fuchs betrachtete die rasende Menge unter ihnen. »Eis. Es ist soweit«, sagte er. »Ich zeige dir jetzt, wie du zu Eis wirst.«
Sie fühlte die Hitze emporsteigen. Sie verhielt sich ganz still und wartete, bis die Gedanken des Fuchses das kostbare Eis fanden. Langsam und deutlich sprach er die Worte: »Wundereis aus Bergeshöhlen. Sauber und klar. Habt ihr je so reines Eis gesehen?« Der breitschultrige Mann drehte sich um und lächelte. »Nimm das Eis«, sagte er. »Es ist für dich.«
Das Feuer leckte an den langen Pfählen des Turms und züngelte an den Seiten hoch. Die Flammen erreichten die Türöffnung und fanden den großen Eiskristall, der die Abendsonne und die blauen Berge spiegelte. Sie leckten das Eis, das Sarah war, und sie begann zu schmelzen. Kleine Tropfen rannen an ihrem Gesicht herunter, flossen in dünnen Rinnsalen zur Tür-

schwelle und liefen zu kleinen Pfützen zusammen. Die Pfützen flossen ineinander und wurden zu einer einzigen großen Pfütze, die sich an den Schwellenrand drängte und höher und höher wurde, aber nicht darüberstieg, nicht in die hungrigen Flammen stürzen wollte, die durch die Luft heraufzüngelten. Aber Wasser drängte gegen Wasser, bis es über die Schwelle floß und, Purzelbäume schlagend, hinunterstürzte wie Regen. Der Regen, der Sarah war, fiel auf die brennenden Hölzer und zerplatzte, zischte wie eine zornige Schlange und ringelte sich aus den Flammen empor.

Ein paar Augenblicke lang schwebte Sarah im Abendlicht als Nebeldunst über der Menge. Statt aber zu warten, daß der Wind sie erfaßte und über den Akker trug, um der Angst und Wut der Menge zu entkommen, tat sie etwas Furchtbares und Erstaunliches zugleich. Sie ließ ihre eigene Angst in die Luft entweichen und sich selbst ganz langsam auf die Menge hinuntersinken.

Und die Menge atmete sie ein. Tief in ihre Lungen atmeten sie den Dunst, der Sarah war. Sie fühlte, wie sie in die Seelen der Menschen sank, gleich sanften Lichtkörnchen durch die Strömungen eines dunklen Flusses. Sie staunte, wie leicht und einfach das ging. Wie kann es sein, dachte sie, daß etwas so Einfaches derart anders ist als alles, was ich je gekannt habe? Sie fühlte die abwehrende Verwunderung der Leute, die spürten, wie etwas gefährlich tief und immer tiefer in sie hineinsank bis in jene düsteren und fernen Winkel, wo die Träume entstehen.

Sie sank in die grausigen Strudel ihrer haßerfüllten

Leben, in das Mahlwerk ihrer Seelen, das Schleifen und Schmirgeln, Sägen und Raspeln, in die hämischen Blicke, schmähenden Münder, bösen Worte und tödlichen Drohungen, in die blutigen Fäuste, zerschlagenen Gesichter und in die verstümmelten und verkohlten Leiber derer, die sie erschlagen und verbrannt hatten.

Dem allen entzog der Dunst, der Sarah war, den Schmerz und die Angst, den Haß und die Rache, die so viele Jahre lang die Leute von Henderswil gekennzeichnet, ihnen gesagt hatten, wer sie waren. Sie pumpte diese Gifte aus ihren Lebensstrudeln und schleuderte sie in die Flammen, die den finsteren Turm verzehrten. Um das Feuer herum wurde die Luft schwarz und beißend.

Die Leute wehrten sich gegen den Verlust all dessen, dem sie ihre Namen, ihren Lebenssinn verdankten. Einige schrien, einige keuchten und würgten. Ihre Augen brannten, und sie schlugen die Hände davor. In Angst vor Schmerzen stürzten sie zu Boden. Manche krallten ihre Finger in die Erde und weinten.

Dann wurden sie einer nach dem anderen still und stumm, denn sie waren eingeschlafen.

Marischan beobachtete das alles ruhig vom angrenzenden Acker her. »Jetzt wird es regnen, Sarah.« Und er hatte recht. Gewitterwolken hatten den Himmel zugezogen, und bald fiel Regen auf die Schlafenden.

Der Regen platschte auf die staubigen Pferderücken. Die Pferde wieherten und keilten in die Luft. Von dem Korbpult auf Grifflings Pferd fiel das Hauptbuch, und Regentropfen spülten seine Wörter fort.

Der Regen wusch den Nebeldunst, den Dunst, der Sarah war, aus der Luft, von den Strohmieten und den Kleidern der Leute, schwemmte die kleinen Rinnsale in größere und immer größere Rinnsale, die bald zum Bach schwollen. Der Bach begann sich dahinzuschlängeln, bis er an den Waldrand kam und in ein altes Teichbecken floß.

Am Turm erwachten die ersten Leute im Regen. Er hatte die Dürre aus ihren Seelen und die Blässe von ihren Gesichtern gewaschen. An ihren Blicken und Bewegungen sah man, daß sich etwas verändert hatte. Manche weinten, manche lachten, manche sangen, andere waren stumm und nachdenklich, und wieder andere redeten irre und unzusammenhängend.

Einige begannen sofort zu sprechen. Einer fragte: »War ich in einem Traum? Einem entsetzlichen, furchtbaren Traum?« Ein anderer sagte: »Die Angst hatte ihre Krallen in mein dummes Hirn geschlagen.« Eine junge Frau rief: »Es regnet, Belja! Das ist wahrhaftig Regen!«

Die Echsenfrau hob ihr Gesicht in den Regen. Sie ließ die Tropfen über ihre Lider, ihre Lippen laufen und kostete den Geschmack der Tränen im Regen. Sie stand ganz still, die Augen geschlossen, und lächelte zum ersten Mal seit langer, langer Zeit.

Ein großer Mann zu Fuß, der ein Pferd mit zwei Reitern am Zügel führte, kam durch den Regen auf sie zu. Die Leute verstummten. Ihre Blicke folgten Aesa, der Horatio mit Ada und Lilly auf seinem Rücken am Zügel führte. Sie waren vom Regen durchweicht und

fürchteten sich. Aesa ging zu dem schwelenden Turm, zu den Leuten dort, führte Horatio zwischen sie und hielt Ausschau nach seiner Tochter.
Ada und Lilly sahen forschend in die nassen Gesichter, aber sie fanden Sarah nicht. Endlich fragte Ada, was zu fragen sie am meisten fürchtete: »Habt ihr unsere Tochter gesehen? Wißt ihr, was aus ihr geworden ist?«
Sie schüttelten ehrlich die Köpfe oder flüsterten »Nein« oder schauten sie nur stumm an. Da zeigte die Echsenfrau über den Acker zum Teich und rief: »Seht! Seht dort!«
Die Abendsonne schob sich unter den Wolken vor und strahlte den Regen und das friedliche Kind an, das am Teich stand und zu ihnen herübersah.
Alle folgten Aesa, der Horatio mit Ada und Lilly durch den Regen zu Sarah führte. Ada sprang herunter und eilte voraus, zu ihrer Tochter. Sie fiel auf die Knie und nahm sie in die Arme. Sarah sah in die Gesichter der Menschen, die sich um sie versammelt hatten. Sie schaute in jedes Gesicht, und alle Gesichter schauten zurück. Manche neugierig, manche verwundert, manche verwirrt.
Aesa zog seine Tochter fest an sich, hob sie hoch und setzte sie zu ihrer Urgroßmutter auf Horatio. Sie zogen über den Acker davon, und Ada ging neben Horatio her und hielt Sarahs Fuß. Sie sah oft nach oben, um sich zu vergewissern, daß ihre Tocher noch da war.
Sarah schlief ein und wäre fast vom Pferd gerutscht, doch Lilly fing sie rasch und hielt sie fest.

14

Nach vielen Jahren

Das Land senkte sich bis hin zu einem Hain dichter Wacholdersträucher und kam dahinter wieder als Felsenkante einer Mesa zum Vorschein. Die verborgene Mesa blickte über ein enges Tal, und weit nach Süden und Westen sah man ein Gebirge mit hohen, spitzen Gipfeln, tiefblau und flach wie ein an den Himmel geklebter Scherenschnitt.

Ein Kind, das auf den Namen Lilly hörte, stand im Abendlicht mit seiner Mutter auf der Mesa. »Mutter«, fragte Lilly, »kennt die Frau, die in der Erde lebt, die Weberin in meiner Seele?«

»Ich glaube, ja«, sagte die Mutter.

Lilly sah zu dem silbernen Bach, der sich durch das Grün der Pappeln wand. »Und was«, fragte sie, »webt die Weberin in der Mitte der Mitte meiner Seele?«

Sarah lächelte und sah ihrer Tochter in die Augen. »Sie webt eine Geschichte, die unter all deinen Gedanken und Träumen verborgen liegt«, sagte Sarah.

Die Originalausgabe erschien 1996
unter dem Titel *The Woman Who Lives in the Earth*
bei HarperCollins, New York.

1 2 3 4 5 99 98 97 96

Satz: Fotosatz Amann, Aichstetten
Druck und Bindung: Pustet Regensburg

ISBN 3-8090-2409-0